書下ろし

横道（よこみち）芝居

一本鑓（やり）悪人狩り②

早見 俊

祥伝社文庫

目次

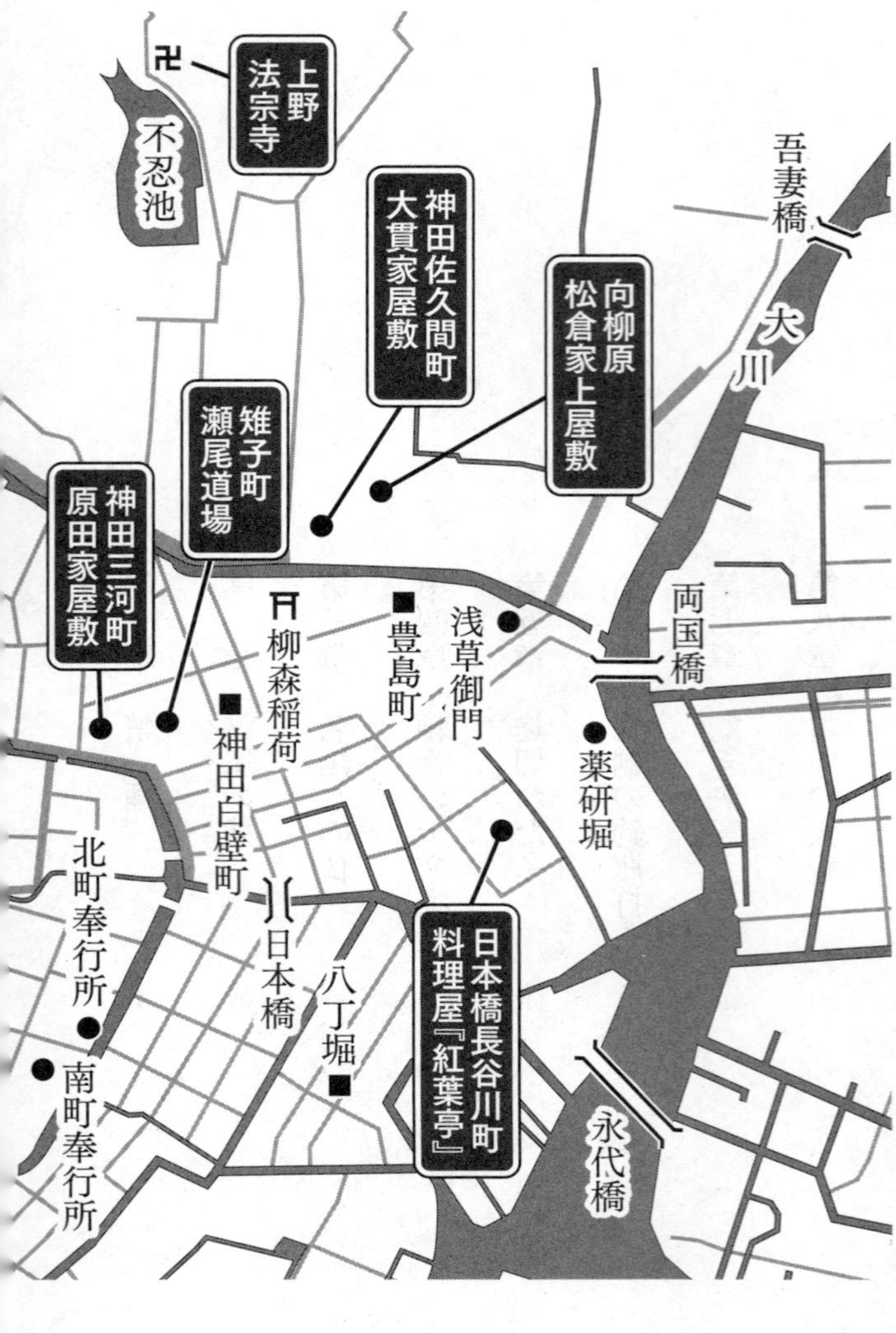
上野法宗寺
不忍池
神田佐久間町大貫家屋敷
向柳原松倉家上屋敷
吾妻橋
大川
雉子町瀬尾道場
神田三河町原田家屋敷
柳森稲荷
豊島町
浅草御門
両国橋
神田白壁町
薬研堀
北町奉行所
日本橋
八丁堀
日本橋長谷川町料理屋『紅葉亭』
永代橋
南町奉行所

横道芝居
の舞台
神田川
寺坂家屋敷
江戸城
北
西
東
南

第一章　禁酒

一

天保七年（一八三六）の師走五日、江戸の町は年の瀬の喧騒に包まれていた。

寒さ厳しき折、身を切るような夕風が吹きすさぶ神田界隈、人々が背を丸め小走りに行き交う往来をのっし、のっしと大手を振って歩く男がいる。六尺（約一・八メートル）近い体軀を黒小袖と野袴に包み羽織は重ねていない。顔中を髭が覆い、太い眉に双眸には溢れかえるような光をたたえ、高い鼻と分厚い唇が武士らしい凜々しさをたたえてもいた。

そして、この男、長さ三間（約五・四メートル）の千鳥十文字鑓を右手に持っている。鑓を片手に大股で歩く姿は戦国武者もかくやと思わせる迫力に富み、そのせいか、人々は進んで道を開けていた。

寺坂寅之助元輝、二十八歳、直参旗本三百石、小普請組である。

寅之助、見かけ通りの武芸練達ぶりを見込まれて、神田雉子町にある無外流瀬尾誠一郎道場で師範代を務めている。無外流は延宝八年（一六八〇）、辻月丹によって開かれた。全盛期は三十を超える大名家、百五十人あまりの直参旗本をはじめ、五千人を数える門人を誇った。今はその帰りだ。商家の屋根や軒で寒雀が羽根を膨らませている姿を見ると寒さが募り、縄暖簾にでも入りたくなった。

ところが、年内は母千代に禁酒の誓いを立てたことを思い出した。二日酔いの朝、だらしがないと千代に叱責された上、意志の弱さを責められ、酒くらい飲まなくても平気だと強がったのがまずかった。

「では、禁酒できますか」

千代の挑発に乗ってしまい、年内一杯の禁酒を誓ったのだ。

「我慢、我慢」

目についた縄暖簾の前に立ち止まり、こみ上げる生唾をぐっと飲み込む。暖簾越しに燗酒の匂いが漂ってくる。

「たまらんな」

思わず呟いた。酒を酌み交わしながら談笑する楽しげな声が聞こえてくる。心の底から羨ましくなる。たかだか、酒など、飲まなくたってどれほどのことがあろうかと高を括っていたが、これが大間違いだった。禁酒がこんなにも苦しいものだとは。酒中毒の男や女は、酒なしでは暮らせない。手が震え、酒が入ると止まるという。あんな連中とは違う。自分は酒は好きだが、酒に頼らなくても暮らしてゆける。そう思っていた。

ところが……。

飲まなくても身体は決して苦しくはない。手が震えることもない。だが、日が暮れ、一日の終わりを実感したいのにできない。なんだか、中途半端に一日が過ぎてゆく。飯を食べていても口寂しい。酒中毒の者たちを嘲笑うことなどできはしないではないか。

自分に叱責を加えたところで、中から騒ぎが聞こえてきた。

「貴公、やるか」

「いや……」

酔っ払い同士の喧嘩が始まったようだ。物言いからして侍同士のようだ。町人地で酔った上の喧嘩とは、武士の風上にも置けない。放っておこうかと思ったが、侍同士の喧嘩となると、店の主や町人に迷惑がかかるかもしれない。

　果たして、

「立ち合うか」

甲走った声がし、女中らしき女の悲鳴が上がる。続いて、

「お侍さま、どうかお静かに」

主人らしき男の懇願が聞こえた。

「ならん、立ち合え」

声を嗄らし常軌を逸した様子だ。通り過ぎることはできない。

　寅之助は暖簾を潜り店の中に入った。小机を挟んで侍が二人睨み合っている。一人は立ち、酒樽に座る侍を見下ろしていた。黒羽二重に仙台平の袴といった形からして、身分ある侍のようだ。座している侍は目を伏せて相手にしようとはしなかった。こちらは、黒の袷に草色の袴を穿いているが、袷は木綿、袴はよれている。それほど裕福には見えない。

　とばっちりがくるのを恐れてか、客たちは店を出て行こうとはしない。小机を遠巻きにして成行きを見守っている。客は五人で、それだけに余計な言動をすれば、怒り狂っている侍の激情を買いそうだと身をすくませているのだ。

主人らしき初老の男もおっかなびっくりに騒ぎが納まるのを待っていた。

寅之助は鐺を鴨居の長押に掛けてから二人の間に入った。

「酒は楽しく飲むものぞ」

言いながら二人の顔を交互に見る。

立っている侍が尖った目を寅之助に向けてきた。

「貴公には関わりない」

「いかにもおれには関係ない。でもな、ここは、誰彼なく楽しく酒を飲む所なのだ。貴公らのように、今にも刀を抜かんばかりの有様では、周りの者は酒を飲んでなどいられない。みなの邪魔をするなら、出て行かれよ」

「貴公の指図は受けん。わしはこの男と話しておる」

「話をしておる様子ではないぞ」

「なにを」

いきり立つ男を宥め、

「まあ、まずは話だ。姓名を名乗られよ。おれは直参寺坂寅之助と申す」

寅之助が名乗った以上、相手も素性を明かさないわけにはいかない。男は唇を嚙みながらも、

「拙者、奥州喜多方城主松倉安芸守さま家来村瀬十四郎と申す。御家では殿の馬廻り役を務める」

松倉家は外様の雄藩、歴代城主は従四位下侍従安芸守の官位を称し、家格は国主格である。馬廻りとは、殿さまの側近く仕える上士ということだろう。大藩の上士がこんな町場の縄暖簾で酒を飲み、酔って喧嘩とはだらしないものだ。

もう一人の侍に視線を向ける。侍は伏せていた目を上げ、

「直参小普請組原田佐一郎の弟で左馬之助と申します」

面を伏せていたのでわからなかったが、左馬之助はまだ歳若い青年である。弟ということは、部屋住の身にあるということだ。当主原田佐一郎は小普請組すなわち非役であることからして、暮らしは楽ではあるまい。町場の縄暖簾で飲むのは不自然ではない。

寅之助はうなずいてから、

「して、揉めた原因は何でござるかな」

寅之助は二人を交互に見やった。

「この者が無礼を働いたのだ。いかに、直参といえど、無礼を働かれれば許すことはできぬ」

「どんな無礼なのかな」

「これでござる」

村瀬は黒紋付の袖を見せた。そこは濡れて染みとなっている。寅之助がそれを見たのを確かめてから、

「この者、酒をわしに浴びせた」

すると左馬之助は、

「浴びせてなどおりませぬ。つい、手が滑ってかけてしまったのです。ですが、その点は謝り申しました」

「あれは手が滑ったのではない。わざとじゃ」

村瀬は怒鳴った。寅之助は耳の穴に指を入れてほじくりながら、

「そう、大きな声を出さずとも聞こえ申す」

いかにも酔っ払いの言いがかりと思えた。

「この黒紋付は殿より拝領致せしもの。いわば、殿の顔に酒をかけられたに等しい。いくら、直参とても、許せることではございませせぬぞ」

「大袈裟な」

寅之助は鼻で笑った。たちまち、村瀬の目が吊りあがる。

「なんと、直参同士庇い立てるか」

「確かに、大事な黒紋付でござろう。しかし、原田殿も謝っている以上、それを受け入れるべきと存ずる。このようなところでいさかいを起こしてよいものではござらん」

「おのれ」

村瀬はいきり立つ一方である。

「この通りでござる」

不意に左馬之助が土間に両手をついた。村瀬は傲然と肩を怒らせ左馬之助を見下ろした。

左馬之助はからだを震わせながら詫び事を並べ立てた。それは悲愴の極みだ。

「これでよろしかろう」

寅之助は村瀬を睨みながら左馬之助を起こした。

「詫びは受け入れる。受け入れるが、詫びにはそれなりの誠意というものが必要と申すもの」

村瀬はぬけぬけと言った。

「どういう意味だ」

寅之助の目が尖った。図に乗るのも大概にしろ。要するに金子を要求しているのだろう。

「この染み、残りそうだ。なんとか、せねばな、どうしてくれる」

村瀬の口調が酔っ払い特有のねちっこさを帯びた。

「それは貴公でどうにかされよ」

寅之助は低くくぐもった声を発した。

「貴公は関係ない。原田氏に尋ねておるのだ」

「それは……」

左馬之助は唇を震わせた。

「やめよ、これ以上は言いがかりというものだ。早々にお帰りになられよ。でないと、拙者がお相手致す。申しておくが、松倉家二十万石のご家来が町場の縄暖簾で騒ぎを起こしたとなれば、さぞや評判となろう。それを覚悟なら」

寅之助は長押に掛けておいた千鳥十文字の鑓を手に取り、外に出るや石突きで地べたを二度、三度突いた。

村瀬は拳を震わせていたが、

「覚えておれ、このままではすまさん」

捨て台詞を投げて店から出て行った。夕闇に消える村瀬の背中を見送り、寅之助は店の中に入った。

再び長押に鑓を掛けると、左馬之助と向かい合って酒樽に座る。

二

「まあ、一杯、やってください」

店の主人が木助と名乗り上機嫌で声をかけてきた。一合枡になみなみと注がれた酒がたゆたい、それを見ただけで、口中が生唾で満たされる。主人は小机に置くと、どうぞと満面に笑みをたたえた。

「ならば、遠慮なく」

答えてから母の顔が脳裏を過る。

――いかん――

寅之助は断腸の思いで、

「いや、おれは下戸でな」

左馬之助も主人も意外そうに目をしばたたいた。髭面、眼光鋭く、がっしりとした身体、脇に十文字鑓を抱えた豪傑然とした寅之助のことをさぞや酒豪だと見ていたのだろう。

「あ、いや、下戸というのが真なら無理にとは申しませんが、もし、遠慮なさっておられるとしましたら、どうか気兼ねなさらず」

木助が気遣いを示してくれたが、

「気遣い無用だ。では、これでな」

寅之助は長押に掛けておいた十文字鑓を脇に抱え店の外に出た。すぐに左馬之助が追いかけて来る。

「寺坂殿、まことにありがとうございました」

左馬之助は改めて礼を述べ立てた。

「礼には及ばぬ。ちと性質の悪い男であったな。気になさるな」

寅之助は言うと足早に立ち去った。

番町にある自宅に戻った。

千鳥ヶ淵にほど近い、新通一番町に軒を連ねる旗本屋敷の一軒である。寺坂家は家禄三百石、代々に亘って公儀大番を務めてきた。大番とは十二組、各組五十名の番士から成る将軍直属の軍団で天下に精強を以て知られている。各組番頭一名、組頭四名が統括し、組頭は役高六百石、番頭ともなると五千石という旗本の上級職である。従って、旗本の子弟にとっては憧れの職務であり、武芸を以て将軍に仕えるという旗本本来の役目でもある。まさしく直参旗本にとっては武門の誉であった。

寺坂家の当主の中には組頭や番頭を務めた者もいたというのに、寅之助は御役御免となってしまった。将軍徳川家斉の二十一男にして、御三卿清水家の当主であった斉彊との剣術試合で、斉彊を負かしてしまったことが不遜とされたのだ。

家計が苦しくなったのは当然のことで、庭の手入れを任せていた植木職人も頻繁には呼べない。枯葉舞い散るこの時節、庭の手入れは小者だけに任せてはおけなかった。寅之助も箒を持ち、落ち葉を掃くのだが、若党や中間、小者が止めるばかりか、母からも、「みっともないからやめなさい」と箒を取り上げられる始末である。

その度に、御役御免になったことを責められているようで居たたまれなくなってしまう。

長屋門脇の潜り戸から身を入れ、母屋まで連なる石畳を進む。落ち葉を避けるようにして歩いてしまうのは、御役御免となった引け目だ。玄関の格子戸を開け、

「母上、ただ今戻りました」

すぐに母千代が挨拶(あいさつ)に出て来て廊下(ろうか)を奥に進む。居間に向かう間、

「飲んでおりませんぞ」

聞かれもしないのに言ってしまう。

「誇(ほこ)らしげに言うことではありません」

千代にぴしゃりと返された。苦い顔をして居間に入ると玄関で声がした。二年前に亡くした妻寿美(すみ)の父、すなわち舅(しゅうと)で大番組頭を務める飯塚宗十郎(いいづかそうじゅうろう)である。千代が出迎えようとするのを制し、寅之助が玄関に向かった。玄関で飯塚が立っている。手には五合徳利(とっくり)を提(さ)げていた。

「達者そうじゃな」

飯塚は五合徳利を掲(かか)げて見せ、さぞや寅之助が喜ぶだろうと期待しているようだ。

寅之助は軽く一礼をしてから案内に立って居間に戻る。千代と挨拶を交わしてから、

「まあ、一杯いくか」

飯塚が言った。

横目に千代の顔を窺(うかが)う。千代はすましているものの、寅之助の反応を気にしているのは明らかだ。

「舅殿、まことにかたじけないのですが、拙者、目下酒を断っております」

千代の目元が緩むのが目の端に映った。

「なんじゃと」

飯塚は意外そうに目をしばたたいた。

「伏見の清酒だぞ。寅之助がさぞ喜ぶと思って持って来たのに残念じゃな」

「舅殿のお気持ち痛み入ります」

ちらっと千代を盗み見る。千代との約束のせいで禁酒している。せっかくの飯塚の好意を無にするではないかという抗議を目に込めた。ところが千代はそれを平然と受け流し、飯塚に言った。

「飯塚さま、せっかくの下り酒でございます。お口に合うかわかりませぬが、肴を支度致しますので少々、おまちください」

千代はすまし顔で立ち上がるや寅之助を一瞥してから出て行った。こっそり飲んではなりませんよと目で釘を刺したつもりだろう。

「禁酒とは、どうした風の吹き回しじゃ」

飯塚はおかしげに肩を揺すった。

「まあ、色々ございまして。年内は禁酒しようと母に誓いを立てたところでございます」

寅之助はぺこりと頭を下げた。

「千代殿に逆らうわけにはいかんな。慣れぬことをするのだ。辛(つら)かろうが、武士に二言なし。辛抱することじゃな」

飯塚は言った。

やがて、女中が膳を運んで来た。千代が飯塚の前に膳を置かせる。寅之助の前には飯が置かれた。丸干しに牛蒡(ごぼう)や切干の煮しめ、鯔(ぼら)の浜焼きが並んでいる。酒と食したらさぞや美味(うま)かろうという未練を断ち切るように、

「いただきます」

勢いよく飯をかきこんだ。

「ならば、遠慮なく」

飯塚は杯(さかずき)に酒を注ぎ、悠々と口へ運ぶ。上等な酒の香が鼻先をくすぐり、禁酒を破りたいという葛藤(かっとう)が生じた。

「時に寅之助」

飯塚が改まったように声をかけてきた。

「師走の二十五日、内府さまの御前にて剣術の試合が催(もよお)される」

「ほう」

寅之助の箸(はし)が止まった。

「直参から、腕に覚えのある者が出場する。わしはお主(ぬし)を推挙しておいた」

「ですが、大番を御役御免になったわたしが、内府さまの御前試合になど出られるものでしょうか」

「そこはほれ、内府さまはお主のことを気に入っておられるからな。大きな声では申せんが、内府さまから内々に頼まれたのじゃ。寺坂寅之助を推挙せよとな」

寅之助が大番を御役御免になった際、寺坂家は改易、寅之助は切腹という声を封じ、御役御免だけで家名、家禄を存続させたのは内府こと将軍世子(せいし)徳川家慶(いえよし)だった。家慶は寅之助の古武士然としたところを気に入り、助け船を出してくれたのだ。

千代が、

「それは、大変に名誉なことではございませぬか。内府さまのご期待に応(こた)えねばなりませぬよ」

「まさしく、千代殿の申される通り。寅之助、見事な腕前を披露すれば、大番への復帰もかなうかもしれぬぞ」

飯塚の言葉も受け、

「寺坂家の誉となるよう尽(つ)くし為(な)され」

千代も目を輝かせた。

「むろんでございます」

寅之助は箸で鰡の浜焼きを刺し、口に運ぶとむしゃむしゃと咀嚼した。骨ごと嚙み砕き、大いに勇み立って胸がはち切れんばかりに膨らんだ。

食事を終えてから、千代は居間を出て行った。飯塚は寅之助と向かい合ってから、

「近頃、大名家と直参の間で揉め事が何件も起きているそうだ」

先ほど遭遇した左馬之助と村瀬のことが思い出される。

「なにせ、江戸には全国から武士が集まっておるからのう。今回の御前試合の結果、優秀なる者が選抜され、来年には各大名家から推挙を受けた者たちとの試合が開催される予定じゃ。腕に覚えのある大名家の家臣たちもさぞや勇んでおるじゃろうて」

飯塚が言うには、腕自慢を抱える大名は競い合い、それは町道場にも及んでいるそうだ。みな、いきり立っているということだ。

「寅之助、そのような争い事にゆめゆめ関与してはならぬぞ」

飯塚は釘を刺した。

「わかっております。酒も飲まぬのです。争いに関わるなどあり得ませぬ」

「酒が入っていようがいまいが、お主の気性を思うと心配したくもなる」

眉間に皺を刻み、いかにも飯塚は心配顔となった。今日のようなことは、もう遭遇することはないだろう。そうはいっても、余計なかかわりはならじと自分に釘を刺した。

ところが明くる六日のことである。

「道場に行ってまいります」

寅之助は千代に告げると、

「しっかりなさいね」

千代も飯塚から聞いた徳川家慶の御前試合のことが頭にあるのだろう。気持ちよく送り出してくれた。千鳥十文字の鑓を脇に抱え、のっしのっしと歩き出す。分厚い雲が覆う、鉛色の空だ。今にも雪が降ってきそうな雪催いの日だった。

番町の屋敷街を抜け、堀端を進み半時（約一時間）ほどで、神田界隈に至った。神田佐久間町にある火除け地として設けられた野原に出た。元は武家屋敷だったのだが、御家が断絶して屋敷が幕府に没収され、破却されて火除け地とされたのである。

冬雀が舞う枯野だが、何やら騒がしい。

「卑怯なり」

聞き覚えのある声だ。

まごうかたなき左馬之助である。左馬之助と複数の侍が対峙している。その中に、昨日の村瀬十四郎の姿もあった。村瀬たちは額には鉢金を施し、小袖には襷掛けをして抜刀している。性懲りもなく昨日の遺恨を引きずり刃傷に及ばんとしているのだ。余計なことに関わるなという飯塚の忠告が脳裏を過ったが、窮地に立たされた左馬之助を目の当たりにしては、見過ごしなどできるはずはない。

寅之助が駆けつけようとした時、村瀬たちが左馬之助に斬りかかった。いかんせん、多勢に無勢、左馬之助は踵を返して逃げ出す。

「卑怯者、敵に背を見せるとは武士の風上にも置けぬ」

村瀬が怒鳴るや追いかける。仲間たちも束になって村瀬に続いた。

「どっちが卑怯だ」

数を頼んで一人を斬ろうとするとは村瀬たちの方こそ武士の風上にも置けない。寅之助は迷うことなく、村瀬たちを追った。

左馬之助は枯野を突っ切り武家屋敷の門に至った。長屋門であること、三百坪ほどの敷地であることから、屋敷の主は二百石以上の直参旗本のようだ。門は閉ざされて

いる。門を叩き、

「ご開門くだされ」

左馬之助は大きな声を上げた。

村瀬たちが追い付く。寅之助もどうにか間に合った。

この時代、多勢に無勢という刃傷沙汰の場合、無勢の方は武家屋敷に保護を求めることが許された。定めがあるわけではないが、武家社会の慣習となっている。逃げ込まれた武家屋敷は匿うことが武士の情とされ、受け入れることが通常である。

但し、逃げ込み先として、老中、若年寄、寺社奉行、町奉行、勘定奉行、大目付、目付といった幕府の重職、要職にある者の屋敷は避けられた。事が面倒になるからだ。

ともかく、左馬之助はこの武家屋敷に保護されるだろう。ほっと一安心である。

寅之助は思ったが、

「ご開門くだされ」

左馬之助が叫び続けるにもかかわらず、開門の兆しすらない。

三

門が開かれるかどうか見定めていた村瀬たちだったが、門が微動だにしないのを見ると勢いづいた。

「武士らしく、尋常に勝負せよ」

村瀬は勝ち誇ったように言葉を投げる。左馬之助は肩で息をしながら振り返った。門を背に、村瀬たちと対峙する。村瀬たちは十人、左馬之助に勝ち目はない。膾（なます）のように斬られ、無残な骸（むくろ）と成り果てるだろう。

放ってはおけない。

ここで会ったのはきっと縁があるからに違いない。

「待て！」

寅之助は怒鳴り上げるや千鳥十文字の鑓を左手に持ち、村瀬たちの横をすり抜け、左馬之助の横に立った。今にも斬りかかろうとした村瀬たちの動きが止まった。

その時、勢いがついた左馬之助が一人に斬りつけた。寅之助に気を取られた侍は腕を斬られた。それを見た村瀬の顔が歪（ゆが）む。寅之助は村瀬たちと左馬之助の間に立つ。

「き、貴殿……。昨夜の……」

村瀬が驚きの目で寅之助を見た。

「おおさ、昨日の寺坂寅之助だ。何だこの有様は」

「果たし合いだ」

村瀬は気を取り直したように目を凝(こ)らした。

「これが、果たし合いか。左馬之助殿、お一人に対して、貴公らは……。一人、二人、三人……」

寅之助は、わざと大きな声で人数を数え上げた。

「十人か。たった一人に十人がかりとはな。それが奥州喜多方の御城主松倉家のやり方か。二十万石が泣くぞ」

寅之助は声を高めた。

「おのれ、当家を愚弄(ぐろう)しおって」

村瀬はいきり立ち、仲間をけしかけた。

「面白い、やるか」

寅之助は右手で千鳥十文字の鑓の柄を握り、ぶるんぶるんと振り回した。冬の乾いた風が唸(うな)り、村瀬たちは気圧(けお)されたように後じさる。それでも、何人かが大刀を向けてきた。

いつの間にか、日輪が顔を覗かせ晴れ間が見えてきたが、雲は凍ったように動かない。

「おお！」

凍雲すら動きそうな雄叫びを上げ、鐺の柄を両手で持つと、腰を落として左右から斬り込んで来た二人の大刀を跳ね飛ばした。大刀は弾かれるようにして路上に転がる。

更に二人の頬を柄で殴りつける。敵は思わず蹲った。更には石突きで二人の鳩尾を突くと敵は後方に吹き飛ぶ。

事ここに至って村瀬は足を止める。

「よし、貴殿と勝負だ」

村瀬が寅之助に勝負を挑んできた。断る理由はない。

「よかろう」

この際だ。この男を懲らしめてやろう。命を奪うことはないが、足腰が立たないくらいには痛めつけてやる。

そう思った時、門が開いた。

「かたじけない」

左馬之助が声を放ちながら寅之助の着物の袖を引いた。寅之助が振り返る暇もなく、左馬之助は屋敷の中に入ってしまった。寅之助も左馬之助を追って中へ入る。

二人が中に入ると同時に門が閉められた。

門の向こうから、

「卑怯な、他人の屋敷に逃げ込むとは、武士の風上にも置けん。出て来て勝負せよ」

いかにもそれは負け犬の遠吠えのようである。

「なんて男だ」

村瀬という男のあまりに卑劣な言動に呆れてしまう。思わず、門の脇にある潜り戸を開け、

「うるさい！」

と怒鳴りつけた。

村瀬たちがひるむ。そこへ、武家屋敷街を廻る棒手振の売り子たちが歩いて来た。

村瀬は、

「このままでは捨ておかんぞ」

捨て台詞を吐くや退散していった。

「しょうもない奴らめ」

寅之助は吐き捨てると、屋敷の中に向き直った。

そこには、大年増の女と少年が立っていた。女はこの屋敷の主の妻なのだろう。化粧気のない面差しながら目元は凛としていかにも武家の妻女を思わせる。

少年は前髪が剃られていないことから元服前であろうか。色白で幼さの残る面差しながらどこか上品だ。地味な木綿の小袖に袴という格好に加えて屋敷の規模を思えば、小身旗本の子弟だろうが、大身の気品を感じさせる。よほど、厳しく育てられているに違いない。

寅之助は左馬之助の横に立った。左馬之助が素性を名乗るのに続き、寅之助も名乗ってから、左馬之助が開門を求めた理由を語ろうとした。それをやんわりと遮って、

「こんな所では何でございます。どうぞ、中へお入りください」

女は軽く頭を下げると二人を母屋へ導いた。

門から母屋の玄関までは石畳が続いている。木枯らしが吹きすさんで枯葉を舞わせていた。箒を使っていた小者と下女が寅之助たちに頭を下げる。女が労りの言葉をかけたところで玄関に至った。

寅之助と左馬之助は居間へと導かれた。

庭に面した居間は雪見障子が閉じられ、火鉢が置かれていた。女が火箸を使って、火を盛んにした。

寅之助は鴨居の長押に鑓を掛けた。それから正座をする。女と少年が並んで挨拶をしてきた。

「ご挨拶が遅れました」

女は少年が直参旗本大貫兵馬時高だと言った。父の他界により、この霜月（十一月）に家督を継いだばかりだという。今年十二歳だそうだ。家禄二百五十石、父の兵蔵時成は小普請組、すなわち非役であったそうだ。女は美知と名乗った。歳は見たところ三十半ばといったところか。

「先ほどは失礼しました。なにせ、兵馬はご覧の通り歳若でございます。このような場合……」

美知の視線を受け止め、左馬之助は申し訳なさそうにぺこりと頭を下げた。美知は話を続けた。

「このような場合、当家にて左馬之助さまをお匿い申し上げるのが、武家の作法とは存じておりますが、いかんせん、兵馬は家督を継いだばかり、卑怯にも、躊躇いが先に立ってしまいました」

美知は両手をついて詫びた。

「いえ、わたしがご迷惑をおかけしたのです。原因はわたし。却って、負担をおかけし、申し訳ございません」

左馬之助は恐縮しきりの体である。

寅之助が、

「悪いのは、あの者たち。喜多方藩の連中でござる」

と、言った。

すると、美知の顔に一瞬おやっという影が差した。

寅之助が気になって問いかける。

「いかがされた」

「いえ、その……。いかにも、左馬之助さまお一人を十人もの人間が手にかけるとは卑怯でございますね」

美知は憤りを示した。

「それにしても、しつこい奴らだ。あの、村瀬という男、左馬之助殿に果たし合いを申し込んだと申しておったが」

寅之助が視線を向けると、

「昨夜、屋敷に書状が届いたのです」

素性を名乗ったことから、村瀬は屋敷を武鑑で調べたのだろうと左馬之助は付け加えた。

「その書状には何と記してあったのだ」

「本日、朝五つ（午前八時）、火除け地にて待つ、尋常に勝負をせよとのことでした」

左馬之助は言った。

「それで、いざやって来たら村瀬は仲間十人と一緒だったということか」

「その通りです」

左馬之助がうなずくと、

「なんと卑怯なことでしょう」

美知の目が険しくなった。

「卑怯な者と申すは自分を卑怯とは思わぬもの。つまり、恥さらしなことにも平気なのですよ」

寅之助の言葉を受け、

「元はといえば、わたしの不始末でこのような事態を招いたのです。寺坂殿にもこちらの御屋敷にも……」

左馬之助はうなだれた。

「今更、そのようなことを申しても仕方がない」

寅之助は励ますように声をかけた。

「それはそうですが」

左馬之助がくぐもったような声を出したところで、

「まあ、お茶もお出ししておりませんでしたね」

美知ははっとなって腰を上げようとした。

「いえ、お構いなく」

左馬之助は断ろうとしたが、寅之助の意向を気にしてか口ごもった。美知はお茶を淹れると言い、居間から出て行った。すると、兵馬がにこにことしながら、

「あの鑓をお使いになるのですか」

と、長押に掛かった千鳥十文字の鑓を見上げた。寅之助は立ち上がり、鑓を掴むと兵馬の前に差し出した。兵馬は興味津々の目を向けてくる。

「持ってみるか」

寅之助が声をかけると兵馬は力強く返事をした。

「ならば、部屋の中では危ない」

寅之助は居間から出ると、縁側から庭に下り立った。

枯菊が目に鮮(あざ)やかだ。厳寒にあって、茎や葉はしおれているが、花は散らさず立ち尽くす姿は凜とした風情(ふぜい)を漂わせていた。ふと、美知の姿を重ねてしまった。

兵馬を手招きする。兵馬も庭に下りた。寅之助は鑓を手渡し、

「持ってみよ」

と、声をかける。兵馬はおっかなびっくりな様子で両手で鑓の柄を摑んだ。途端に重そうによろめいた。寅之助は笑い声を上げ、兵馬の背後に回り、

「このようにな」

と、兵馬の両腕を摑んで鑓をしっかりと握らせた。

「腰を落とすのだ」

兵馬は素直に言われた通りにした。すると、どうにか、鑓を構えられるようになった。それでも、小さな身体に三間の鑓はいかにも大きすぎ、うっかりすると怪我(けが)をさせかねない。

「身の丈が大きくなったら、覚えるといい」

寅之助は自分の手に鑓を戻した。

四

そこへ美知が茶を載せた盆を持って戻って来た。

「兵馬、寺坂さまを煩(わずら)わせてはなりません」

「煩わされておりませんぞ。兵馬殿は武芸に興味を示しておられる。実に頼もしいことです」

美知は茶を飲んでくださいと言った。寅之助は鑓を樫(かし)の木に立てかけ居間へと戻った。

「茶を頂戴しましたら、早々に引き揚げます」

左馬之助は言った。

「いえ、それは、危ないのではございませぬか」

美知が村瀬たちは待ち伏せしているのではないかと危(あや)ぶんだ。

「構いませぬ。あとは拙者の問題。その時はその時です」

左馬之助が努めて明るく言っているのは、寅之助や美知にこれ以上の迷惑をかけたくないとの気持ちからだろう。

美知は左馬之助の様子に何か含みがあるふうにも感じたようだが、武家としての矜持を前面に、

「あのような卑怯な者たちを相手にお気遣いなど無用でございます。わたしも、武家の女としまして、このまま見殺しにはできません」

「いや、それは……」

左馬之助が躊躇いを示した。

「おれが左馬之助殿を屋敷まで送ろう」

寅之助が申し出た。

左馬之助は尚も遠慮した。

「乗りかかった船だ。第一、そなたがこの屋敷からの帰途、村瀬たちに襲われて命を落としたと聞いたら寝覚めが悪くてかなわん」

寅之助は豪放磊落に笑い飛ばした。

「寺坂さまの申し出、お受けになってください」

美知が言った。

左馬之助は躊躇う風であったが、

「では、一つ、お願いしましょうか」

と、ようやくのことで受け入れた。腹を決めたことで落ち着いたのだろう。厠を借りたいと申し出た。美知が母屋の裏手にある厠の所在を教えると、左馬之助はすぐにすませますと寅之助に断って居間から出て行った。

「かまわんぞ、出物腫れ物、所嫌わずだ」

寅之助が返すと左馬之助の表情は柔らかになった。

「寺坂さまは、まこと、戦国武者のようなお方ですね」

美知に言われ、

「戦国武者かどうかはわかりませんが、いつも鑓で暴れ回りたいと思っております」

寅之助は大真面目に答えた。

「まあ」

美知はここで初めて笑顔を見せた。

すると、

「頼もう」

と大きな声が聞こえる。

「誰だろう」

寅之助は訝しむ。美知が立ち上がり、玄関に向かった。何だか嫌な予感がする。後からついて行った。美知は玄関から石畳を伝い、表門へと向かう。寅之助も続いた。

表門脇の潜り戸を美知が開ける。

するると、初老の侍が一人立っていた。

「拙者、喜多方城主松倉安芸守さま家来、留守居役本山千十郎と申すもの。こちらに、お匿いの原田左馬之助なる武士をお引渡し頂きたく参上致した」

本山は至って丁寧な物腰ながら有無を言わせない強い態度が出ていた。それに対し、美知も毅然と言い返す。

「確かに当屋敷にて原田左馬之助さまを匿っております。しかしながら、それではとお引渡しすることはできません」

「それは困りますな。なにせ、原田殿はわが家臣に無礼を働いた者。このまま放っておいたのでは、当家の面目にかかわることでござる」

本山は静かに言い返す。

「お言葉ながら、多勢に無勢にて斬り合いをし、屋敷にて匿うは武家の定法でございます。それを引き渡したとありましては、こちらとて当家の面目が立ちません」

美知も言葉に力を込めた。

「どうあっても引き渡されぬと申されるか」

本山は高圧的になってきた。

ここで寅之助が黙っていられるはずはない。

「待たれよ」

と、美知の背後に立ち、本山と対峙した。俄かに現れた髭面の巨漢に本山は虚をつかれたようだが、さして驚いた様子を見せないのは村瀬から寅之助のことを聞いているからだろう。

果たして、

「貴殿か、お節介なる寺坂寅之助殿とは」

「お節介は余計だ。おれは、武士として当たり前のことをしたまでだ」

寅之助は胸を張った。

「これは失礼した。じゃが、寺坂殿……。ここは、原田殿のお引渡しを願いたい。でないと、こちらにも迷惑がかかる。後々、面倒なことになりますぞ」

本山の物言いはいかにも高飛車で、外様ながら雄藩の威を笠に着ているかのようだ。それが、寅之助の鼻についたし、なにより気に食わない。美知の顔も強張っている。

「面倒なこととはいかなることでございましょうか」

美知は言い立てた。

本山は一瞬、言葉を引っ込め威圧するかのように美知を見ていたが、やがて、

「事は松倉家と大貫家の問題だけではすまなくなるということでござる。当家と御公儀の間にひびが入るやもしれませぬ。それでもよろしいのか」

本山は強気の姿勢を崩さなかった。

「それは、問題のすり替えではござらぬか」

堪らず、寅之助は口を挟んだ。

「いいや、そうとは思いませぬぞ」

本山はあくまで強気である。

「寛永十一年（一六三四）、荒木又右衛門が助勢した仇討をご存じであろう」

本山の問いかけに、

「もちろん、存じておる。鍵屋の辻の決闘。伊賀上野で行われた仇討だ」

寛永七年（一六三〇）、岡山藩士渡辺源太夫を河合又五郎が殺害し、江戸へ逐電した。江戸では、直参旗本安藤治右衛門に匿われた。岡山藩主池田忠雄は幕府に又五郎の引渡しを申し入れるが、安藤は旗本仲間と共闘して拒否。外様大名と旗本の面目をかけた争いへと発展した。

本山は今回の騒動を岡山藩池田家と直参旗本安藤治右衛門の争いになぞらえたいようだ。

「それは、いささか、事を荒立て過ぎではござらぬか」

寅之助は苦笑を浮かべてしまった。ところが、本山はあくまで大真面目である。

「いや、こじれにこじれれば、あのように、深い遺恨となり、御公儀の裁定を仰ぐことにもなりかねぬ。貴殿、それでもよろしいか」

本山の態度はいかにも挑戦的であった。

「おれを脅(おど)すか」

つい、むきになってしまうのが自分の悪いところだとは自覚しているものの、そんな風に振る舞ってしまうのが寅之助である。横で美知がはらはらとしているのがわかる。

「ずいぶんと威勢のいいことだ。さすがは、直参旗本だけある。元大番は伊達(だて)ではないな」

こいつ、おれの素性を知っているのか。寅之助は訝しんだところで、

「当然ながら、当家では貴殿のことも調べた。なにせ、当家の村瀬が恥をかかされたのですからな。寺坂寅之助殿、直参旗本三百石、大番を務めていたが、この春、畏(おそ)れ

多くも公方(くぼう)さまご子息清水斉彊さまへの不行跡により、職を解かれた。以後は、小普請入りとなり、武芸の腕を買われ町道場で師範代を務める」

本山は寅之助の履歴を述べ上げた。

「よくぞ、調べたものだ」

「不足な点、及び間違いがあったら、申されよ」

本山は楽しんでいる。

「いや、特にはない。それよりも、本題だ。おれは、この一件に関わった。今更、逃げる気はせぬ」

寅之助はひときわ語調を強めた。

「よくぞ、申した」

「当家とても、左馬之助さまのお引渡しには応ずることはできません」

美知も声音こそ平静を保っているがその目は凜とした光を帯びていた。

「よかろう、当家とて意地がある。このままおめおめと引っ込む気はござらん」

本山はそれだけ言い残すとくるりと背中を向けた。美知は潜り戸を閉め、閂(かんぬき)を掛けた。

これで、対決である。

寅之助と美知が母屋を振り向いたところで左馬之助が立っていた。両手を握りしめ、顔面蒼白となっている。

「せ、拙者……。やはり、出て行きます」

左馬之助は言った。

「いいえ、その必要はありません。というより、出て行かれては当家が困ります。当家は高々、二百五十石の旗本でありますが、武家の端くれ、武門の倣いを守らねば、兵馬は笑い者となりましょう」

美知はあっぱれなる物言いをした。

「左馬之助殿、そなたも腹を括れ。喜多方城主松倉家二十万石なら喧嘩相手に不足はあるまい」

寅之助は豪快に笑い飛ばしたものの、左馬之助にしてみれば、自分さえ助けを求めなければ、美知と兵馬を無用な争いに巻き込むことはなかったという後悔の念を抱いているようだ。ぐっと唇を噛み締め、言葉を発せられないでいる。

「ともかく、交渉決裂だ。この屋敷から一歩も出るな。いくら、喜多方藩とて日のある内に、直参旗本の屋敷に押し込むような馬鹿な真似はせぬ。かといって、外に出ては、どこぞに人を潜ませておるかもしれず」

「では、どうすれば」

左馬之助は怯(おび)えたような声を出した。

「明朝まで籠城だ。明日の夜明けを待ち、ここから出る」

寅之助は戦国の世の籠城戦を思い浮かべ、不謹慎ながら武者震いを禁じ得なかった。

第二章　鍵屋の辻

一

寅之助は思わぬ事の成行きに戸惑いながらも、こうした場に身を置く自分を楽しんでもいた。まるで、鍵屋の辻の決闘ではないか。もちろん、楽しんでいる場合ではない。喜多方城主松倉家二十万石と正面だって事を構えるとなれば、左馬之助や美知、兵馬にとっては、まさしく御家の大事、もちろん寺坂家の存亡にもかかわる事態となるやもしれないのだ。

樫の木に掛けておいた千鳥十文字の鑓を見やる。

神君徳川家康から下賜された由緒ある鑓だ。寅之助の先祖、寺坂要之助元紀が大坂夏の陣において家康本陣が真田幸村の奇襲を受けた際、真田勢を多数討ち取った功により家康手ずから下された鐺なのだ。

寺坂家の家宝として受け継がれ、代々の当主は正月元旦、この鐺を手に誓いを立てる。

――天下を乱す悪党をこの鐺で退治する――

寺坂家の家訓である。

寅之助はまさしくそれを行おうと生きている。しかし、今回の騒動、確かに村瀬は卑怯で狡猾な男だし、松倉家のやり方は大藩の威を借りた横暴だ。しかし、鐺の錆にするような巨悪かというとそうとは言えない。

しかし、降りかかった火の粉は払わねばならない。ここまで事態が悪化したのだ。こちらは、左馬之助の引渡しには応じず、断固として主張を貫くばかりである。横目に映る左馬之助は自分のせいでこんなことになったという責任を一身に背負うが如くのしょげようである。

「おい、今更、悔いたってどうしようもないのだぞ」

寅之助の叱咤を受け、左馬之助も胸を張るようにはなった。美知は気丈にも落ち着いている。兵馬は寅之助に剣術の稽古を申し出てきた。美知はそれをたしなめるが、

「じっとしていてもしょうがない。それに身体を動かしていた方が、万が一にも敵が

襲って来た時の備えというものになりましょう」
寅之助は喜んで相手になろうとした。

その頃、神田雉子町にある無外流瀬尾誠一郎道場では、師範代である寅之助が来ていないとあって、みなどこか稽古に身が入らないようだ。師の瀬尾も今日はさる武家屋敷に稽古をつけに行っているとあっては、緊張が緩むのも当然といえば当然なのだが、そんな道場にあって一人気を吐いているのが、青山民部という若者である。

民部は南町奉行所の定町廻り同心、ところが、武芸がからきし苦手とあって瀬尾道場に通うようになった。町奉行所の同心なのだから八丁堀にある道場に通えばよいのだが、八丁堀では同僚たちと顔を合わせる。武芸下手の民部は揶揄されるに決まっている。そこで、神田まで足を延ばして瀬尾道場へ通っているというわけである。

通い始めてしばらくして、寅之助が師範代としてやって来た。当初は、大番を御役御免になった髭面の得体の知れない男と警戒していたのだが、接してみて、戦国武者のような風貌そのままの一本気さに強くひかれるようになり、瀬尾や門人たちには内緒で押しかけ弟子となってしまった。

はじめは弟子をとることを渋っていた寅之助だったが、民部の熱心さに根負けして弟子入りを許してくれたのだった。寅之助の稽古は厳しいものだが、その指導ぶりは人柄同様に表裏も手加減もなく、やったらやった分が確実に血となり肉となる気がした。

その寅之助が休みとなるとやはり寂しい。非番のこの日、寅之助に会えることを楽しみにやって来たのにがっかりだ。

どうしたのだろう。

患われたか。

戦国武者の如く頑強な寅之助であるが、患わないとは限らない。それとも、道場に来られない程の急用が生じたか。理由はわからないが、無断で休むとはおかしい。ついつい気になってしまう。

すると、

「御免！」

玄関で怒鳴り声が聞こえた。みな、竹刀を持つ手を止めた。

すわ、道場破りか。

誰もがそう思った。

「わたしが、行ってまいります」

民部がみなに告げ竹刀を置くと玄関に向かった。道場破りとしたら、いかにも間が悪い。師匠の瀬尾が不在の上に寅之助もいないのだ。いくばくかの金子を握らせ、帰ってもらうことになるだろう。また、道場破り本人も金目当てでやって来るのが珍しくはない。はなから、手合わせなどする気はないのだ。

その方が都合はいいのだが、稀に勝負を挑んで来る根っからの剣客もいる。

さて、どっちだと思いながら玄関に立った。

「たのもう！」

もう一度挨拶をしてきたのは、羽織、袴に身を包んだ人品卑しからぬ武士であった。道場破り、特に金目的の道場破りによく見られるうらぶれた浪人者ではなさそうである。背筋はぴんと伸び、月代、髭はきれいに剃られ、強烈な威圧感を漂わせていた。

「何用でございましょうか」

つい、丁寧な言葉遣いになってしまう。

「こちらの道場にて師範代を務める寺坂寅之助殿に会いたい」

なんと、寅之助の知り合いのようだ。

「失礼ですが、どちらさまでございますか」

寅之助の知り合いとあれば、きちんとした対応をしなければならない。

「わしは、大番を務める五十嵐龍太郎と申す」

「大番……」

ということはかつての寅之助の同僚ということか。五十嵐は鋭い眼光で民部を見据えてきた。早く、取り次げと言いたいようだ。

「せっかくのお越しでございますが、あいにく師範代は不在でございます」

「休みか」

「いえ、休みでは……」

まだ昼である。夕方ちかくまで稽古は続く。もしかしてひょっこりやって来るかもしれない。そんな思いからつい曖昧な返事をしてしまった。すると、五十嵐は風貌通りの厳しさで、

「休みでないとしたら、外出でもしておるのか」

「いえ、そういうわけではないのですが……」

「ならば、どういうことだ」

「連絡がないのです……。申し訳ございません」

民部はしどろもどろとなった。

「連絡がないとは……。いかにも寅之助らしいいい加減さだ。あ奴、大番を御役御免となっても、懲りておらぬようだな」

寅之助を揶揄され、民部は腹が立ったがそれを顔に出すわけにもいかず、

「御用件を承ります」

「寅之助がおらぬでは話にならん。わしは、寅之助と稽古をしようとやって来たのだ。仕方ない。もし、寅之助がやって来たなら伝えよ。五十嵐が御前試合楽しみにしておるとな」

「御前試合でございますか」

「内府さまの御前にて行う剣術の試合だ。さよう、伝えよ」

五十嵐はくるりと背中を返した。

「承知致しました」

慌てて返事をした時には五十嵐は出て行った後だった。

夕暮れとなり、稽古を終えたが寅之助は姿を見せなかった。やはり、病なのだろうか。将軍世子内大臣徳川家慶の御前試合がいつなのか聞きそびれてしまったが、病とあっては心配である。そうなると、益々気にかかる。五十嵐龍太郎からの伝言も預か

った。

訪ねてみるか。

民部は番町新通一番町にある寅之助の屋敷を訪ねてみることにした。

半時（約一時間）後、民部は寅之助の屋敷を訪れた。玄関で訪い（おとない）を入れると、千代が迎えてくれた。千代は玄関の式台で、

「いらっしゃい」

と、民部の背後に視線をやった。それから民部に視線を戻して、

「寅之助は一緒ではないのですか」

一瞬、言葉に詰まった。

どういうことだ。千代は寅之助が瀬尾道場に行ったと思っているのだ。すると、寅之助は屋敷から出かけてまだ戻っていないということだ。

「寺坂さまは、本日、道場をお休みになられたのです」

「まあ……」

千代は驚いたようだが、じきに気を取り直し、こんなところではなんですからと上がるよう勧めてくれた。民部もこのまま帰る気はしない。千代の案内で廊下（ろうか）を奥に進

み、居間に入った。すると、武家の娘がいる。その娘がいるだけで、部屋の中が明るく感じられる。一瞬、寅之助の妻かと思ったが、亡くなったと聞いていたし、妻にしては若すぎる。千代が、

「寅之助の亡き妻寿美の妹の百合(ゆり)殿なのですよ」

百合は微笑を送ってきた。その名の如く白百合のような優美さだ。

「拙者、寺坂さまの弟子……。その、瀬尾道場で御指導を頂いております、南町奉行所の同心青山民部と申します」

民部は頭を下げた。

それからおもむろに、

「本日まいりましたのは、寺坂さまが道場をお休みになり、それから、大番の五十嵐龍太郎さまが訪ねてこられ」

と、五十嵐から伝言を託されたことを言い添えた。千代と百合は顔を見合わせて、

「どうしたのでしょう」

千代の顔は不安そうに歪(ゆが)んだ。

二

「ご心配には及びませんわ」

百合が言ったが、根拠があるわけではないだろう。

「心配しているわけではないのです」

千代は寅之助が年内禁酒をしていることを語り、

「我慢できずに、どこぞで飲んでいるのではないでしょうか」

「お言葉ですが、義兄上は朝からお出かけになられたのでございましょう。夕暮れまでお酒をお飲みになることはないと存じますが」

百合が反論した。

「いいえ、寅之助なら飲みかねません。これまでの禁酒の日々もあることですし、溜まりに溜まった不満が堰を切って、浴びるように飲んでいるのではございますまいか」

千代の眉間に皺が刻まれる。

「いくらお酒が好きな義兄上でも、そんなことはないと存じます」

百合は否定したものの、ひょっとしてあり得るかもしれないと思っているようだ。

寅之助が禁酒したとは意外だが、それよりも所在が不確かなのが気にかかる。

「では、どちらへ行かれたのでしょうか」

民部が改めて疑問を差し挟むと、千代も百合も見当がつかないようで、

「なに、そのうち、帰って来ますよ」

千代は軽く答えたものの、その不安げな様子は隠しようもなかった。

「わたし、探してまいります」

民部は申し出た。

「それには及びません。子供ではないのですから」

千代はいかにも寺坂家の恥だといわんばかりに強く拒否した。民部もそう言われては強硬に主張するわけにもいかず、わかりましたと引き下がった。少しばかり、沈黙が漂った。民部は帰ろうかと思ったが、この悪い雰囲気では帰り辛くなり、

「ところで、五十嵐龍太郎さまというお方、わざわざ、道場をお訪ねになりましたが、寺坂さまとは……」

「好敵手だと父から聞いております」

百合が答えた。

「ほう、そうなのですか」

思わず問い返した。

「義兄上が寅之助、五十嵐さまが龍太郎ということで、大番の龍虎だと父は申しておりました」

「剣で競い合ったのですね」

「剣や鑓、武芸ですね。それに、義兄上と五十嵐さまはお人柄の面でもまるで正反対でございます。五十嵐さまは、とにかく几帳面なお人柄、何事もきちんとしていないと気が済まないお方です。それに対して義兄上は……」

ここで百合は口をつぐんだ。千代がぷっと噴き出した。

「それに比べて寅之助ときたら、大雑把というか無神経というか」

千代はあっけらかんと評する。

「お義母上さま、義兄上は豪放磊落なのですよ」

「物は言いようですね」

千代が反論したところで、

「寺坂さまはまさしく、戦国武者のようなお方です。一本気なお方なのです」

民部が言い立てた。

「父もそういえば、義兄上のことを野中の一本杉と称しておりますよ」

百合は愉快そうに笑った。なんとなく和やかな空気が漂ったところで、

「では、これにて失礼致します」

民部は両手をついた。

「青山さん、わざわざ、お越しくださりありがとうございました」

「とんでもございません」

民部は居間を出て玄関に向かった。千代が見送りに来てくれて、

「寅之助のことをあまり買い被らない方がいいですよ」

「買い被りではございません。わたしは寺坂さまを尊敬申し上げております」

「そのこと、本人には言わないでくださいね。つけあがるだけですから」

「わかりました。では改めて、失礼致します」

民部は丁寧に腰を折ってから寺坂邸を後にした。千代と百合と会い、言葉をかわしたことでいくぶんか気分が晴れたが、寅之助が行方知れずということに変わりはない、いや、事態は悪くなっている、病欠ではなかった。屋敷を出たことは確かなのだ。何処かへ出かけ、そして、行方知れずとなったままだ。落ち着いてみると、不安が募るばかりだったが寅之助のことだ、よもや、心配するようなことになってはいま

い。後で聞けば、何だ、そんなことでしたか、と言うのが落ちであろう。

そう思い、自宅への帰路を急いだ。


夕暮れまで、敵の動きはない。

寅之助たちは食事を終えた。

「お休みくだされ」

寅之助は美知に言った。

「そんなわけにはまいりません」

美知は口をへの字にした。

寅之助は左馬之助と共に庭に篝火(かがりび)を焚(た)き、敵襲に備えた。襲来は日が落ちてからであろう。

「ともかく、夜明けまでの辛抱だ」

寅之助は言った。

「夜明けまではお世話になりますが、夜明けと共にこの屋敷を出ます。そのことは、しかと申しておきます。これ以上迷惑をかけることは、わたしの武士としての沽券(こけん)に係わります」

左馬之助はこれまでにない強い姿勢を見せた。寅之助はちらっと美知を見る。

「承知致しました」

美知も左馬之助の決意を受け止めたようだ。

左馬之助がふと、

「ところで、寺坂殿、お宅へお帰りにならなくてよいのですか」

今日は、瀬尾道場へ行くと言って出たきりである。千代が心配しているであろうし、瀬尾道場の面々もどうしたのだと訝(いぶか)しんだに違いない。

「おれは大丈夫だ。主が一日くらい帰らないところでどうということはない。おれのことよりも原田氏はどうなのだ。お宅ではさぞや気を揉(も)んでいることだろう」

すると美知も心配そうな顔を左馬之助に向けた。

「わたしは、そんな心配などされてはおりませぬ」

左馬之助は苦笑を浮かべた。

美知はどう答えていいのかわからないようだ。左馬之助は苦笑を浮かべながら続けた。

「わたしは、次男坊、貧乏旗本の部屋住の身です。家禄は二百石、両親は亡く家督を継いだ兄は小普請組です。期待はされておりません」

「だからといって、心配していないことにはならんぞ」

寅之助が横から口を挟んだ。

「そうでしょうか」

「決まっている。だから、しっかりと元気な顔を兄上にお見せしなければいかん」

寅之助は左馬之助に言いながらも、自分に言い聞かせたようなもの言いだった。

「寺坂殿は本当によいお方ですね」

左馬之助に改めて言われるとなんだか照れくさくなってしまった。

「ともかく、おれはこの庭にいる」

「ならば、わたしは裏庭で頑張ります」

左馬之助は目を輝かせた。美知と兵馬は力強くうなずいた。

「お二人はお休みくだされ」

寅之助が美知と兵馬に声をかけると、

「どうぞ、お休みください。一緒に起きておられても仕方ありません」

左馬之助も言い添える。

「ですが」

美知は躊躇う風であったが、兵馬があくびを漏らしたため、

「では、失礼します」

と、寝間へと向かった。寅之助は夜空に浮かぶ寒月を見上げながら、静かな闘志を燃やした。左馬之助はゆっくりと裏庭へと向かった。

「何かあったらすぐに呼んでくだされ」

寅之助の言葉に、

「承知しました」

左馬之助は力強く首肯(しゅこう)した。左馬之助がいなくなったところで、寅之助は改めて鑓をしごいた。

「来るなら来い」

月に向かって鑓を突き上げる。寒風が吹きすさんでくる。襟首(えりくび)から寒気が押し寄せるが、それを跳ね飛ばすように激しく鑓をしごき上げる。犬の遠吠えが聞こえてきた。今にも敵が黒板塀を乗り越えて来そうだ。それをこの鑓で……。

寅之助は敵との戦闘に思いを馳(は)せた。まったくもって無責任な思いながら、この鑓で思い切り暴れたいという衝動に駆られた。

「来い！」

思わず声を大きくしてしまった。母屋を振り返る。しんとした静寂(しじま)の中にある。それにしても村瀬という男、高々、居酒屋でのくだらぬ出来事をこうまでも大きくするとは、そして、そんなくだらないことに御家を挙げて対決しようとする松倉という留守居役、おかしいのではないか。正気の沙汰(さた)とは思えない。

そんな男に因縁(いんねん)をつけられた左馬之助はつくづく不運な男だ。いや、不運といえば、美知や兵馬もそうだし、

「ああ、そうか、おれもだな」

寅之助は髭をしごき、つい苦笑を浮かべてしまった。

「ま、行くとこまで行くさ」

寅之助は呟(つぶや)いた。

三

それから、まんじりともしない一夜を明かした。寅之助は千鳥十文字の鑓を脇(わき)に抱え、縁側に腰掛けてじっと虚空を睨み、今か今かと待ち構えたのだが、結局敵は姿を現さなかった。乳白色の空が青みがかってきた。夜明けは近い。

白々明けの頃が一番危(あや)ういと思って勇(いさ)み立ったのだが、それもなかった。なんだ

か、独り相撲をとったような気がしていささか、拍子抜けをしたところである。

「あ～あ」

思わずあくびが漏れた。立ち上がって背筋を伸ばす。するとまたしてもあくびが漏れてしまう。

そこへ、

「お早うございます」

美知がやって来た。

「まだ、危のうございますぞ」

寅之助は言ったものの、言ったそばからあくびをするとあっては言葉に説得力がない。美知は敵が襲ってこなかったことにすっかり安堵し、

「朝餉の支度を致します」

「いや、それは無用に願いたい。そろそろ退散致します」

裏庭を守っている左馬之助へ聞こえるように大声で呼びかけた。だが、返事はない。

「おい、原田氏」

もう一度呼びかける。

それでも声が返されない。美知の顔が不安そうに曇った。寅之助も不安に駆られ、たまらず駈け出した。まさか、襲われたのか。そんなはずはない。敵が攻め込んで来たのなら、わかる。言っては悪いが、さして広くはない屋敷だ。まったく音を消し、大の男を襲ったりすることは不可能である。

寅之助が大いなる疑問と不安を抱えながら裏庭へと回った。

すると、

「原田……」

寅之助はしばし立ち尽くした。左馬之助は裏庭の縁側で大の字になって眠りこけていた。

「呆れた奴め」

怒りを通り越して滑稽ですらある。怒る気にならないくらいに左馬之助の寝顔は呑気さで満ち溢れていた。

「原田氏」

肩を揺さぶった。

「うう」

眠そうに左馬之助は寝返りを打つ。

「敵だ！」

耳元で怒鳴ると、左馬之助ははっとしたように半身を起こし、寝惚け眼をこすりながらきょろきょろと辺りを見回した。それから、

「敵でござるか」

慌てて立ち上がろうとしたが、足がもつれて転んでしまった。それを見ていると責める気も失せた。

「しっかりしろ」

そう声をかけるのが精一杯である。

「は、はい」

ようやくのことで左馬之助は我に返り、自分が寝入ってしまったことに気づいたようだ。

「も、申し訳ございませぬ」

左馬之助は慌てふためきながら何度も詫びを入れた。

「もう、よい。それより、美知殿が朝餉を用意してくださるそうだ。一旦は遠慮したがせっかくのご好意。食して、この屋敷から出て行こうではないか」

寅之助が言うと、

「敵は……。村瀬はいかがしましたか」

「やって来なかったな」

「裏からも……」

裏門から侵入してきた者もなしと左馬之助は言いたげであったが、眠りこけてしまったとあっては強く主張もできないようで、恥じ入るように黙り込んでしまった。

裏門はしっかりと閂が掛けられ、築地塀の屋根を枯葉が覆っている。敵の侵入の痕跡はない。築地塀に沿って建つ土蔵の引き戸には南京錠が掛けられ、海鼠壁が真冬の頼りない日差しを受けている様は平穏な一日の始まりを物語っていた。

「さあ、行くぞ」

寅之助に促され左馬之助は表へと向かった。朝日が目に眩しく突き刺さったところで、

「なっと、なっとおー、なっと。なっとー味噌豆」

という納豆売りの声が聞こえてきた。

美知が買いに出ようとした。そこで、寅之助はひょっとしてという不安に駆られて美知が潜り戸に足を向ける前に辿り着く。それから、自分に任せろと目で言った。美知はこくりとうなずく。

長屋門脇の潜り戸をそっと開けると、まごうかたなき納豆売りだった。美知が安堵の表情を浮かべて納豆を買い求めた。

「さあ、朝餉ですよ」

美知が言うと寅之助の腹がぐうと鳴った。

寅之助と左馬之助は兵馬と共に美知が用意した朝餉を食した。熱々の蕪汁、真っ白な飯、粘り気のある納豆に大根の浅漬け。

「こんなものしかございませんが」

へりくだる美知の言葉とは裏腹に美味いのなんの。寅之助は勧められるままに大ぶりの茶碗で三杯を食した。

「いや、すっかり満腹でござる」

寅之助は心の底からそう礼を申し述べ、左馬之助と共に表に出た。念のため裏門から出ようかと寅之助が提案したのに対して左馬之助は堂々と表門から外に出ると主張した。寅之助もそれに従い表門から外に出た。既に通りには物売りやら行商人、あるいは、武家屋敷に出入りしている商人たちが行き交っている。

これでは村瀬たちも襲っては来られまい。

寅之助と左馬之助は往来に身を投じた。寅之助たちを見送って美知と兵馬が屋敷の外に出て来た。二人に挨拶を送ると踵を返した。なんだか名残惜しくなった。

屋敷まで送ると寅之助は申し出たが、左馬之助はこれ以上の面倒はかけられないと頑なに拒んだため、無理強いはできず、左馬之助と別れ自宅へと戻った。

表門からは入り辛い。なんと言い訳をしようかと頭を悩ませる。無断外泊である。大の男が、一泊無断で過ごしたところでどうということはないと開き直ることもできるが、千代と面と向かい合うとつい、言い訳を探してしまう。ええい、文句を言いたいのなら言え。おれは間違ったことはしていない。それどころか、武士の沽券に係わることを逃げずに対処してきたのだ。

そういきり立ったところで裏門脇の潜り戸から屋敷の中に入った。

途端に、

「なにをこそこそと裏から入って来るのですか」

千代に見つかってしまった。

「あ、いや、ただ今戻りました」

挨拶をしたところで、

「朝帰りですか。結構なご身分ですね」

「急な用事が入ったものですから」

「さぞや大事な用事なのでしょうね」

千代は朝餉の支度がしてあると言って母屋に向かった。腹一杯食べてきたのだとは言えず黙って母屋に向かった。


無言で朝餉を食した。腹一杯だが無理に詰め込む。一膳で終えようとしたのを、

「どうしたのですか」

千代が目ざとく声をかけてきた。朝餉は食してきたのでもういらないとは言えず、

「お替わりを」

と、茶碗を差し出した。千代がよそってくれ、不機嫌に渡してくる。それを見て、こうなったら意地でも食べてやろうと一気にかき込んだ。

「無理して食することはないのですよ」

千代の言葉を聞き流し、二杯目を食べ終えた。腹がよじれんばかりで苦しいが、寝ころぶわけにはいかない。きちんと正座をしたまま湯呑に入った茶を啜（すす）った。母に左馬之助と喜多方藩の騒動のことを話すべきかどうかを思案する。

やはり、黙っているわけにはいかないだろう。

「母上」

と、言い出そうとした時に、

「昨日、瀬尾先生の道場に行かなかったのですね」

千代は険のある目を向けてきた。

「はい」

その理由はしかじかと話そうとしたところで、

「昨夕、青山さんが心配して訪ねて来られました」

「ほう、民部が」

いかにも民部らしい。無断で休んだ自分のことを気遣ってくれたのだろう。

「寅之助殿を気遣ってのことと、五十嵐龍太郎殿からの伝言を携えてこられたのですよ」

五十嵐龍太郎が……。思わず、いきり立ってしまう。

「五十嵐龍太郎殿は、道場を訪ねて行かれ、そなたとの手合わせを望まれたそうです。そなたが不在と知ると、御前試合では堂々とまみえようと申されたとか」

「龍太郎が……」

寅之助は唇を噛み締めた。

「このような大事を前に、朝帰りなどしている場合ですか」

千代の目はさらに険しくなった。

「申し訳ございません」

反射的に謝ってしまう。

「まさか、お酒などを飲んでおったのではないでしょうね」

「決して飲んでおりません」

寅之助は力一杯否定した。ここで少しでも言葉を濁らせては千代に疑心を抱かせるだけである。

四

「では、どうして朝帰りなどしたのですか」

千代はここで言葉を止め、にっこりとほほ笑んだ。いぶかる寅之助に、

「そうは聞きますまい。あなたは寺坂家の当主、十代目なのですからね。よもや、そのことを忘れ、遊び呆けてなどいるはずございませんものね」

それは皮肉なようでいて極めて大真面目な物言いであった。それだけに母の気持ちがひしひしと伝わってくる。決して裏切ることをしたわけではないのだが、無断で道場を休み、朝帰りをしたことは事実だ。

「この寅之助、決して寺坂の家を穢すようなこと、また、武士にあるまじき振る舞いなどは致しません」

ついつい語調が強くなる。

「わかりました。もう、このことはよろしい」

千代は引っ込んでくれた。ところが、

「御免」

やって来たのは舅の飯塚宗十郎である。飯塚はとにかく、耳聡い。大番の噂話、江戸城中での噂、江戸市中で評判の物、どこまでが本当なのかはわからないが、とにかく熊手の如くかき集めてくる。そんな飯塚のことだ。早くも、寅之助が左馬之助と喜多方藩の争いに関与したことを聞きつけてきたとしても不思議ではない。

「飯塚さま……」

千代は小首を傾げた。

飯塚は顔を真っ赤にして入って来た。やはり、予想通りだ。その顔からして一件を聞きつけてきたのに相違ない。

　案の定、

「寅之助、また、とんでもない騒動を起こしおって」

　寅之助の話も聞かず烈火の如く怒り始めた。

　これには千代も目を白黒させながら、

「寅之助、飯塚さまに謝りなさい」

と、これまた頭ごなしに喚き立てた。つくづく、信用がないというか、聞く耳を持たない二人だというか、

「わたしは、何一つ後ろ指を差されるようなことはしておりません」

そう一言強く言い置いてから、まずは千代に向き直る。千代は驚きながらも事情が未確認であることを思ったようで、

「飯塚さま、一体どうしたというのですか」

　今更ながら問いかける始末である。

　飯塚は多少は落ち着きを取り戻し、

「寅之助は喜多方藩と事を構えおったのですぞ」

　千代は大変な驚きようである。飯塚の話は噂話の域を出ないもので、それによる

と、寅之助が酒に酔った勢いで、旗本原田某とつるみ、松倉家の家臣の黒紋付を酒でよごし、散々に罵倒したというものだった。

「その上、おまえと原田とやらは松倉家家臣団と刃傷沙汰に及び、目についた武家屋敷に逃げ込んだそうではないか。まったく、卑怯な振る舞いをしてくれたものよ。いやしくも、公方さまをお守りする大番の役目にあった者として恥を知れ」

飯塚の顔はゆでだこのように真っ赤になった。

「舅殿、気は確かか。酔っておられるのは舅殿ではござらんか。いいですか、わたしは、そのような卑怯極まることなどしておりませぬ。信じられませぬか」

寅之助は飯塚と千代の顔を交互に見た。

「わたしは信じますよ」

千代は言った。

「むろん、わしもじゃ」

つい今しがたの威勢は何処へやら、飯塚も堂々と言い放つ。

「では、お話し致します」

寅之助は神田の縄暖簾での経緯から、今朝瀬尾道場へ向かう途中に左馬之助を複数の喜多方藩士が襲っており、やむなく武家屋敷に逃げ込んだことを話した。

「多勢に無勢にて刃傷沙汰の及ぼし時に武家屋敷にて匿うは武士道の定法にござれば、わたしはごく当然のことをしたに過ぎません。なんら、やましいことはしておりません」

「朝帰りはそのためであったのですね」

千代も納得してくれた。

「ようやった」

飯塚は一転して誉めそやしてくる。まったく現金なものである。

「かたじけない」

思わず礼を述べた。

「しかしながら、少しばかり面倒なことではあるな。おまえに非はないとはいえ、松倉家は外様の雄藩、下手をすると、外様の雄藩同士で連帯し、御公儀に対し強い態度に出ぬとも限らん。そうならないことを祈るばかりだ」

飯塚は心持、深刻な事態であることを告げるかのように眉間に皺を刻んだ。

「大丈夫でござる。武士として背中を見せ、関わりを恐れる方が武士にあるまじき所業、わたしは何らやましいことはしていないのですから」

ここぞとばかりに言い立てる。

「よう、申した」

飯塚は深くうなずく。ここで千代が杞憂を示した。

「今回の一件、内府さまの御前試合に影響するものでしょうか」

「それは」

飯塚は唸ってしまった。それが千代の心配を増幅させる。

「母上、心配ござらん。剣術の試合と御政道が何の関わりがございましょう」

寅之助の自信たっぷりな物言いを千代は目で飯塚に問うている。飯塚はこほんと空咳を一つしてから、

「ともかく、これからは、松倉家の者とは関わり合うな。よいな」

飯塚は最後のよいなという言葉に殊更、力を込めた。

「かしこまりました」

寅之助はひとまず逆らうことなく舅の言葉を受け入れた。

「わしもこれで一安心じゃ。よし、ならば、わしはおまえの悪評を払拭することに努めよう」

「それは頼もしい限り」

千代も安堵の笑みを広げる。ともかくも、これで後ろ指差されることはあるまい。

すると、左馬之助のことが気にかかってしまう。あの者、これから松倉家からどのようないやがらせを受けることになろうか。そう思うと、気も晴れはしない。ともかく、腹が膨(ふく)れた上に徹夜明けとあって眠い。

「母上、舅殿、すこしばかり横になります」

最早(もはや)、瞼(まぶた)がくっつきそうだった。飯塚はそれには文句を言うこともなく却って、

「歴戦の武者の帰還じゃ。じっくりと休み、英気を養うがよい」

入って来た時とはまるで別人の寛容さで言った。

第三章　名無しの仏

一

寅之助が朝帰りをした明くる八日、昼四つ（午前十時）のことだった。

青山民部は手札を与えている岡っ引の繁蔵と共に神田界隈の町廻りを行っていた。

町廻りの途次、柳原通りの自身番を回った時に異変を聞きつけた。町役人が、

「丁度よろしゅうございました。いや、よろしくはないのですが」

何やら動転している様子である。

「なんですよ」

繁蔵がにこにこしながら町役人に問いかけると、

「こ、殺しです。お坊さんが殺されました」

町役人の口から飛び出したのは民部と繁蔵の想像を遥(はる)かに超える重大事件だった。

「ど、何処でえ」

今度は繁蔵が慌ててしまった。民部の表情も自然と引き締まった。町役人の案内で出向いたのは柳原通りの柳森稲荷(やなぎもりいなり)である。柳森稲荷は、江戸城の鬼門除けであることに加え、江戸市中に数多く見られる富士講の象徴である人造富士が設けられている。

柳森稲荷から浅草御門(あさくさごもん)に至る神田川(かんだがわ)沿いには土手が築かれ、柳原土手と称されていた。土手の下は柳原通りが続き、昼間は軒を連ねる菰掛(こもが)けの小屋、みな、古着屋であり、夜ともなると土手には夜鷹(よたか)が現れる。

昼間は古着目当ての男女、夜は夜鷹目当ての男たちが行き交っている。しかし、昨晩は雨だった。夜鷹も夜鷹目当ての男たちも絶えていたことだろう。

境内(けいだい)は殺しの評判を聞きつけた野次馬が群れていた。繁蔵がかき分け、蹴散らして中へと入る。亡骸(なきがら)には筵(むしろ)が被(かぶ)せてあった。人の形に盛り上がった筵の脇に民部と繁蔵は立ち、二人揃(そろ)って手を合わせた。

まずは、何処の誰とも知れぬ仏の冥福を祈ってから繁蔵が筵を捲(めく)るなり呟いた。

「坊主ですね」

亡骸の頭は丸まっていた。町役人が言っていたように僧侶のようだ。奇妙なことに、着ている物はない。下帯までもが剝（は）がされている。次いで繁蔵が、

「男ですね」

と、言ったのは下半身を見てのことである。そして、死因も一目瞭然だった。右の肩口から鳩尾（みぞおち）にかけてざっくりと斬られているのだ。

「こりゃ、相当な腕ですぜ」

　繁蔵は言った。

「そのようだな」

民部も答えながらも途方に暮れてしまった。素性はどうやら坊主らしいということしかわからない。本人の所在を示すものは何一つ残されていないのだ。これは難事件になりそうな気がした。

やがて、検死のために医者が駆けつけて来た。着くや検死に当たった。死因はもちろん、袈裟（けさ）懸（が）けに斬られた刀傷である。

「死んだのはおそらく、昨晩の内か」

医者の見立てとこの辺りの状況はまことに合致していた。というのも、昨晩は雨とあって、この辺りに夜鷹や夜鳴き蕎麦（そば）の屋台は出ていなかった。発見されたのは、朝

五つ（午前八時）、参拝に訪れた古着屋だった。雨が降り出したのは、前日の夜五つ（午後八時）である。それまでは、夜鷹は商売をしていたらしい。柳森稲荷で春をひさぐ者もいるわけで、その者たちはこの坊主も下手人も見かけていない。従って、五つ以降、身体の硬直具合からして、丑三つ（午前二時頃）までの間であろうということだった。

医者が帰ってから、民部はもう一度亡骸を自分の目で確かめた。

「下手人は何だって着物を全て持ち去ったのだろうな」

「物盗りってことなんじゃございませんかね」

繁蔵はいともあっさりと答える。

「物盗りであれば、せいぜい、着物までだろう。坊主なら、墨染の衣ということか。見たところ、まだ歳若い。そんなに偉くはないだろうから、錦の袈裟などではなかろうな。それにしても下帯までとはな」

「ですがね、下帯だって、それを雑巾にしたりするんですぜ」

繁蔵の言う通りである。がめつい奴なら、まさしく根こそぎ持って行くのかもしれない。朝の陽射しを受けた坊主頭の照り返しが目を射た。眩しい。剃り痕は青々としている。剃ったばかりのようだ。

「とりあえず、ここら一帯の寺でも当たりますか。それとも、いっそ、寺社方に報告してお任せしますか」

繁蔵は気乗りしないようだ。

「一応、寺社方に報告するが、おそらくは、こちらに任せるから、素性と下手人を調べるよう言われるのが落ちだ」

「あっしらが、下手人を探り当てたら、捕縛するのは自分たちって寸法でさあね」

繁蔵の物言いはいささか不遜（ふそん）であるが、その通りであろう。

「だから、せいぜい、こっちで調べるさ」

言いながら民部はふと気になることがあった。

「どうしました」

繁蔵が民部の変化に気が付いたようで目をぱちくりとやった。

「いや、この手なんだ」

民部は坊主の手を摑んだ。

「手がどうかしましたか」

「肉刺（まめ）が出来ているだろう」

すると、繁蔵も手を触り違いないと言った。

「おれも経験があるからわかるんだが、素振りを繰り返すとこんな肉刺ができる」

「するってえと、この坊さん、やっとうもやっていたってことですか」

　繁蔵は首を傾げた。

「そこまでは決めつけられんが」

　民部も首を捻る。

「案外早く、仏の素性がわかるかもしれませんよ。やっとうをやってる坊主なんてそうそういませんからね」

「そうだな」

　民部は生返事をした。

「どうしたんですよ、まだ、何かひっかかることがあるんですか」

　繁蔵は焦れったそうだ。

「ひょっとして……」

　民部が言葉を選んでいるのは自信がないからである。

「ああ、もう、焦れってえな。話してくだせえよ」

　繁蔵が言葉通りに焦れたところで、

「この男、まことは武士ではないだろうか」

民部は口に出してみた。繁蔵は口を半開きにしていたが、

「なるほど、掌の肉刺はそれで説明がつきますけど、だからって、侍って決めつけていいもんですかね。第一、お侍がどうして頭を剃るんですよ。何か悪さでもしたんですか」

繁蔵はまだ受け入れられないようだ。

「いや、侍であることを知られないように下手人が髪を剃ったのではないか。そして、身元をわからなくするために着物を全てはぎ取った。もちろん、腰の大小もな」

「一体、何のためですよ。侍だって素性がわかったら不都合なんですかね」

「下手人は仏の素性がばれたらまずいのだろうとしか今の段階では申せぬ。侍だと断定もできぬしな」

「なら、仏はお侍、坊主って両方の線でいきますか」

繁蔵は言った。

「そうだな」

民部が賛同したところで、聞き込みをすることになった。繁蔵がまずは、この辺りに出没する夜鷹から聞き込みをしましょうと、夜鷹頭にお松という女がいると言った。

「行ってみますか」

「よし」

　こうして二人はお松の家へと向かった。お松は薬研堀に住んでいた。しもた屋である。繁蔵が格子戸を開けて、「お松、いるか」と告げる。すぐにけだるそうな声が返され、年齢不詳の厚化粧の女が出て来た。着崩した着物に髪をほつれさせ、いかにも夜鷹といった風だ。

「殺しのことですかい」

　お松は心得たものだった。

　繁蔵は民部を紹介した。お松はぺこりと頭を下げてから、

「そういうこった」

「旦那方も御承知でしょうけど、昨日の晩は五つを過ぎた頃合いから雨が降ってきましたから、すっかり商売が上がったりになっちまって」

　お松は生あくびをした。

「そいつはわかってるんだが、念のため、みんなに聞いてみてくんな」

　繁蔵は持参した五合徳利を手渡した。お松は笑みをこぼして礼を言ってから、みんなに確かめてみると言って立ち上がった。

「頼むぜ」

繁蔵の言葉を受け、お松は奥へと引っ込んで行った。

「何か成果があるといいんですがね」

「そう期待しよう」

民部はそう答えたものの、内心ではさほど期待していない。ところが、意外といってはいけないが、お松は思いもかけない吉報をもたらしてくれた。一人の夜鷹を伴って戻って来たのだ。

「この娘だよ」

女はお節と名乗った。

「話してみな」

お松に促され、お節が言うには、

「あたし、雨が降ってからも、柳森稲荷の祠の中で客を取ってたんですよ」

途端にお松が、

「まったく、罰当たりなこったよ」

からかい半分に声をかける。繁蔵が文句を言いたげに顔を歪めたところで、

「そうしましたら、境内にお侍さんが数人、雨にもかかわらず入って来たんです」

お節はその時の様子が思い出されたのか、恐怖で身をすくませた。

二

「侍かい」

繁蔵も驚愕（きょうがく）の表情を浮かべ、民部を見た。民部の推量が当たったと言いたいようだが、民部はぬか喜びを戒（いまし）めるように気を引き締めてお節に向き直り、話の続きを促した。お節は落ち着きを取り戻し、

「なにしろ、雨がかなり降っておりましたので、それと、怖くて……」

お節は身を震わせ始めた。それによると、侍たちは五人ばかり。ここでお節の両目が大きく見開かれた。

「それで、よくは見なかったのですが」

慎重に言葉を選びながらお節が語ったところによると、侍たちは素っ裸の男を境内においていったという。

「境内の仏ですね」

繁蔵の言葉に民部もうなずく。

「坊主頭の仏だな」

民部の言葉にお節は首肯した。

「侍たちは坊主頭の男の亡骸を稲荷の境内に置いてどうした」

「すぐに、出て行きました。あたしは、怖くって、しばらく外には出られませんでした」

お節はがたがたと震えた。

「もっと、早く言えよ。どうして、自身番に届けなかったんだ」

繁蔵がなじるとお松が庇(かば)う。

「そんな、責めないでくださいよ。今、こうして証言してるんですから」

「まあ、そうだがな」

繁蔵が引き下がったところでお節が、

「三吉(さんきち)さんに迷惑がかかると思ったんです」

繁蔵が、「三吉……」と言うとお節に代わってお松が、

「お節を気に入っている、植木屋さんですよ」

「ほう、植木屋か」

繁蔵は繰り返した。

「祠には三吉と一緒に居たんだな」

繁蔵の問いかけに、

「はい」

お節はこくりとうなずく。

「三吉は何度も客になったのかい」

繁蔵が訊いた。夜鷹というのは、大抵、通りすがりの男を客とするものだ。これにもお松が、

「お節のことを気に入ってくれているんですよ。月に三度か四度は来てくれますよ」

「じゃあ、三吉も侍たちの顔を見たんだな」

繁蔵の問いかけに、

「はい」

お節は慎重に答える。その様子が民部には気にかかった。

「どうした、何か心当たりがあるのか」

「いいえ……、特には……」

お節は曖昧に言葉を濁した。

「あるのではないか」

民部は突っ込んだ。お松が隠し事をするんじゃないよと横から口を挟んだ。お節ははっと顔を上げ、

「はっきりとは言わなかったんですけど」

お節はそう前置きをしてから、三吉が侍たちを見て、「あっ」と声を漏らしたという。さては、知っているのかと思い、

「で、あたしは知ってるのって聞いたんです」

しかし、三吉は知らないと否定はしたそうだ。

「でも、何だか、三吉さんは、ひどく怖がっていました」

お節は言った。

「わかった。すまなかったな」

民部はお節から三吉の面相と住まいを聞いた。三吉は三十半ば、小柄で鼻の下に黒子(ほくろ)があるという。住まいは豊島町(としまちょう)の長屋だそうだ。それだけ言うと、お節はおずおずと戻って行った。

「こら、決まりですね」

繁蔵は言った。

お松が、

「物騒なこってすね。今晩、商売に出てもいいですかね」

「やめたほうがいいだろうな」

繁蔵が事もなげに答える。

「でもね、商売に出なきゃ、食っていけませんしね」

「だからって、命あっての物種じゃねえか」

繁蔵の反論に、

「旦那方が早く下手人を挙げてくだされぱいいんですよ」

お松に責められ繁蔵は唇を尖(とが)らせた。繁蔵が黙り込んだものだから、

「相手が侍じゃ、手も足も出ないってことですか」

嵩にかかりお松は批難の目を向けてきた。

「そんなことあるかい」

繁蔵はむきになる。

「相手が侍だろうとなんだろうと容赦(ようしゃ)はしない」

民部が言うと、

「おや、お若いのにしっかりしていらっしゃること」

お松にからかいの言葉を投げられたがここは甘んじて受け入れ、礼を言ってから外

に出た。いつの間にかどんよりとした雲が空を覆い、それを見ただけで気が塞いでしまった。

薬研堀からほど近い三吉の住まいである豊島町の長屋を当たった。女房は昨年死に別れ、子供はいなくて一人暮らしだという。もう、仕事に出ているかと思ったが、一応当たってみようと三吉の家まで行った。

「ごめんよ」

繁蔵が腰高障子をとんとんと叩いたが返事はない。

「留守かい」

留守なら返事はないのだが、繁蔵はそう声をかけてから腰高障子を開いた。中はがらんとしている。そこへ、長屋の女房が顔を覗かせた。女房は、三吉さんなら朝出て行ったと言った。

「仕事に出かけたのかい」

繁蔵の問いかけに女房は首を捻った後、道具を持っていなかったし、このところ仕事に行っていないようだと答えた。三吉は仕事もせずにぶらぶらしているようだ。

「大家さんとこへ寄って行くって言ってましたよ」

女房はそれだけ言うと、町方と関わることを嫌うかのようにそそくさと立ち去った。

「大家んとこへ寄ってみますか」

繁蔵は問いかけておきながら民部の返事を待たずに大家の家へ足を向けた。民部とて異存はない。所々、剝がれ落ちたり穴が空いたりしている溝板に足を取られないように気を付けながら大家の家に行った。大家は甚太郎という気のいい初老の男だった。

「この長屋に三吉って男が住んでるな」

「ええ」

甚太郎の目が警戒に揺れた。

「なに、大したことじゃねえんだ」

繁蔵はそう言ったが、八丁堀同心と岡っ引から店子のことを聞かれたなら警戒しない方がおかしいだろう。

「三吉がどうかしましたんで」

繁蔵がはぐらかすのをよそに民部ははっきりと伝えた方がいいと思った。その方が甚太郎の警戒を解き、聞きたいことを聞き出せるだろう。そう思って、

「柳森稲荷の殺しについて、三吉に聞きたいのだ」

するど甚太郎は驚きの眼を向けてきて、

「まさか、あいつがやらかしたんですか」

「いや、そうじゃねえんだ。やった奴を三吉が見てるかもしれねえって話よ」

繁蔵が否定した。甚太郎はそれを聞いて安堵したようだったが、それでも、不安は去らないらしく首をすくめながら上目遣いとなった。

「三吉は、今日は仕事へ行かなかったようだが、何処へ出かけると申しておった。ここに立ち寄ったのだろう」

民部の問いかけを、

「ええ、それが、妙っていいますかね、馬鹿に調子のいいことぬかしやがったんですよ。あいつ、だらしのねえ野郎で家賃を十月分も溜めてやがったんですよ。それを今朝、のこのこやって来ましてね、大家さん、じきに家賃は払えますってご大層なことを言いやがって、それで、あたしもあてにはしてないんですが、博打で儲けたかって聞いたんです」

三吉は博打ではないと否定したという。

「でもって、妙なことを言いだしやがったんですよ。羽織を貸せなんてね」

「羽織か」

民部が訊き返すと、

「羽織です。で、何に使うんだって聞きましたらね、はっきりとは答えないんですよ。羽織を貸してくれたら溜まった家賃どころか、一年分前払いをしてやるなんて、大ぼら吹きやがって」

甚太郎は苦笑を漏らした。

「羽織が金に化けるってことか」

繁蔵はこれは臭いますねと鼻をくんくんと蠢かせた。民部も同じ思いである。

「野郎、何かよからぬこと考えていやがるんですかね。いえね、もしかして、あたしの羽織が悪事に利用されたなんてことになりましたら、あたし、罪に問われるんですかね」

甚太郎はひょこっと首をすくめた。

「そんなことにはならぬが、で、三吉は何処へ行くと申しておった」

民部が言った。

「それが、何処へ行くとも……」

甚太郎は聞いていませんと答えた。

「わかった」

民部が切上げようとすると、

「悪かったな」

繁蔵は甚太郎の肩をぽんと叩き二人で表へと出た。甚太郎が木戸まで見送ってきて、木戸番小屋で売っている芋(いも)を買えと言ってきた。これから寒空を歩き回ることを思い、民部は二つ買った。

三

「けっ、まずいったらねえや」

繁蔵は芋をかじるなり吐き出した。民部はそれを見て食べるのをやめた。懐紙に包まれた芋の温(ぬく)もりだけを味わい、かじかんだ手を解(ほぐ)す。

「焚きつけを惜しんでやがるから、硬くていけませんや。けちな野郎ですぜ」

繁蔵はぼやき通しとなった。民部は芋の味よりも、三吉の行方が気にかかった。大家から羽織を借りてまでして出かけた先は何処なのか。それは繁蔵とて気になるのは当然のことで、

「羽織を着てとなりますと、相当に敷居の高い所ってことになりますね。となりますと……」

繁蔵は思案をした。

「となると、高級な料理屋か」

民部の言葉に繁蔵はうなずき、

「違いねえですよ。半纏着じゃ上がれねえような店……」

「どうしてそんな料理屋へ行ったか……」

答えが見えてきた。繁蔵にもわかったようで、

「坊主にした仏を運んで来た侍たちを見たんですよ。それで、その侍たちに見覚えがあった。そこで、その侍たちを強請ろうとしているって寸法じゃござんせんかね」

自分も同じ考えだ。おそらくそんなところだろう。だから、大家の甚太郎に溜まった家賃を払えるどころか、一年分、前払いしてやるとまで大口を叩いたのであろう。

「絵図が見えて来たな」

民部は胸が高鳴った。探索が難航すると思われたのに、早くも一筋の光明が差してきた。

しかし、寒さも忘れ、これからの探索に一層身がはいる。

繁蔵は浮かない顔である。

「こりゃ、厄介な事件ですぜ」

しかも、及び腰となっている。

「どうした、臆したのか」

「まあ……」

繁蔵は相手が侍となると探索の困難さを感じているようだ。

「相手が侍だろうが、人を殺せば罪を問うのが当たり前だ」

町人地で争い事や罪を犯せば、たとえ侍といえど、町方は捕縛することができる。但し、相手が大名、旗本自身の場合はできない。大名、旗本の家臣であれば、捕縛の対象となった。もっとも、藩邸や旗本屋敷に踏み込むことまでは許されない。

「わかりましたよ。あっしも十手を預かっているんだ。腹を括りますぜ。で、どうしますか、このまま三吉が帰って来るのを待ちますか」

「いや」

民部が躊躇いを示したのは、三吉の身に危険を感じたからだ。繁蔵も同様で、

「口封じされるってこと、十分に考えられますね」

「その通りだ」

二人は走り出した。

ここらで、高級料理屋というと、

「日本橋ですね」

繁蔵は言った。

何処かはわからないが、まずは頭に浮かぶ料理屋へ急行するとしよう。

一方、寅之助はあれから松倉家や村瀬十四郎の動きがないことに疑問と多少の物足りなさを抱いていた。事が大きくなるようなことは避けたいが、それでも物足りないし、気にかかってしまう。

今日は道場へ行く予定はない。

ならば、左馬之助を訪ねてみるか。

「母上、出かけてまいります」

「どちらへ出かけるのですか」

千代はやはり気になるようだ。飯塚から松倉家と左馬之助の争いを耳にした以上、そして、寅之助の行いを賞賛した以上、口出しはしたくはないが、危ぶんでしまうのであろう。

「出かけるべきでないのなら、庭掃除でもしますが」

にんまりすると、

「まだそんなことを言っているのですか。寺坂家の当主たる者のすることではありません」

「ならば、出かけます」

千代の返事を待たず、千鳥十文字の鑓を小脇に抱え屋敷を飛び出した。

半時後の昼四つ（午前十時）、左馬之助から聞いた屋敷の所在地の近くへとやって来た。瀬尾道場からはほど近い、神田三河町新通りに軒を連ねる武家屋敷の一角だ。武家屋敷に表札はない。そして、武家屋敷というのは似たりよったりだ。どこだろうかと迷ったところで、

「油うぃー。菜種油に胡麻油あ。油うぃー」

という声がした。油売りだ。寅之助は呼び止め、原田家の場所を聞く。原田家は目の前だった。

寅之助は訪いを入れた。番士はおらず、渡り者と思われる小者に素性を告げ、左馬之助殿に会いたいと申し入れる。すぐに、潜り戸が開き、中に入ると中年の侍が待っていた。

侍は兄の佐一郎だと名乗った。改めて寅之助も名乗る。

「弟に用とは……」

佐一郎は訝しみながらも、寅之助を母屋に招いた。玄関に向かう間、屋敷内はなんとなくぴりぴりとしていた。中間、小者たちは佐一郎の顔色を窺っている。佐一郎はここに落ち葉があるとか、もっと、磨き立てよとか口うるさく指示をしながら母屋へと入った。

客間で寅之助と向かい合う。

「まったく、奉公人というものは、目を離すと怠けるものです」

自分の口うるささが気になったのか、佐一郎は苦笑を漏らした。そのことには返事をせずに口をつぐんでいると、

「左馬之助に御用とか」

左馬之助は留守だという。その様子は少しも危機感が伝わってこない。おかしいと思っていると、

「まったく、困ったものです」

佐一郎は吐き捨てた。

松倉家との争いのことを兄に報告したのかと訝しんでしまう。

「遊び呆けており、とかく、この屋敷に居つくことがありません」

意外な言葉である。

「松倉家とのこと、お聞きになっていませぬか」

「松倉家……」

佐一郎の眉間に皺が刻まれた。その顔は知らないと言っている。左馬之助は兄に伝えていないようだ。この口うるさい兄に、伝え辛かったのか、心配かけまいとしたのか。

「喜多方城主松倉家二十万石でござる」

「失礼ながら、左馬之助がその松倉家やらとどう関わったのですか」

佐一郎の顔に影が差す。

「聞いておられぬようだ」

呟いてから、神田の縄暖簾での出来事から大貫屋敷に助けを求めて逃げ込んだことまでを語った。佐一郎の顔が驚愕に彩られる。

「それでは、貴殿がご助勢くださったのですか」

佐一郎は礼を述べた。

「いや、礼を述べられることではござらん。武士として当然のことをしたまで」

「いや、当節、そこまでできる武士はおりませぬ。寺坂殿、感服致しました」

佐一郎はもう一度頭（こうべ）を垂れた。

「それで、左馬之助殿はいかに過ごされておりますか」

「それが……」

佐一郎の顔が曇ってゆく。いかにも話し辛そうなその表情は深刻なものへと変化していった。

「いかがされた」

「左馬之助は相変わらず遊び呆けております」

「ええ」

思わず口があんぐりとなった。左馬之助が遊び呆けるなど考えられないことである。大人しい男だと感じていたのだ。すると佐一郎は語り出した。

「左馬之助、幼い頃は素直であったのです。ですが、あいつが八歳の折、二親が相次いで病（やまい）で亡くなりました。それで、わたしが親代わりとなってから……」

そういえば、佐一郎とは歳が離れているように見える。すると寅之助の心の内を見透かしたようにして言った。

「わたしは、左馬之助とは一回り違います」

十二歳上ということだ。

「それで、親代わりとなってあいつを育てたのですが、いささか厳しく育て過ぎたのかもしれません。武芸、学問、礼儀作法、武士としての心得、など、自分ながら口うるさく指導致しました」

その言葉は理解できる。佐一郎ならば、さぞや厳しい指導であったのだろう。

「そのせいでしょう」

左馬之助は十八の頃から遊びを覚えるようになったという。

「悪所、盛り場、賭場などに出入りするようになりました。初めの内は気づかなかったのですが、わたしの目を盗んでは遊び呆けるようになりまして……。一旦は収まったものの、近頃になってぶり返したようです」

左馬之助は賭場で借金を作り、払えなくなって佐一郎に泣き付いた。佐一郎は散々小言を言ったが、放っておくこともできず、借金を肩代わりした。

「それが、半年ばかり前のことでした。しばらくは、しおらしくしていたのですが、一月ばかり前から屋敷への帰りが遅くなりました」

佐一郎はまた左馬之助は遊び呆けているのだと勘繰り、強く叱責をしたという。左馬之助は絶対に金の面で兄に迷惑はかけないと言い張ったと言う。

「金のことだけではない。武士たる者の行状を言っているのだと叱責を加えたのですが、あいつは聞く耳を持ちません。今度借金を作ったら、勘当だとまで申し渡しました」

ところが、この三日、いつも帰りは遅かったし、昨日七日は朝帰りだったという。

「朝帰りされたのは、松倉家との騒ぎゆえです」

寅之助は言った。

「いずれにしても、あいつの不行状は目に余ります。昨日朝帰りしたと思ったら出て行ったきり、未だに戻っておりませぬ」

佐一郎は吐き捨てた。

四

「大方、どこかの賭場で偶々儲かってその金で遊び呆けているのでしょう」

佐一郎は呆れ果てたように顔を横に振った。左馬之助の行状に驚きはしたが、松倉家村瀬十四郎たちのことが気にかかる。

「松倉家から何か言ってきませんでしたか」

「一向に」

佐一郎は二度、三度首を横に振った。

左馬之助が帰らないのは遊び呆けているからなのか。それとも、村瀬たちと何かあったからではないか。佐一郎は寅之助から松倉家との揉め事を聞いた当初こそぴんと来ていなかったが、今は不安が募ったようだ。

「左馬之助……」

佐一郎は視線が定まらなくなった。

「よし、わたしが喜多方藩邸へ行ってみます」

寅之助の申し出を、

「いや、それはさすがに……。それならわたしがまいります」

「いや、それでは、ややこしくなる」

佐一郎が行けば、事が荒立つし、

「それに、今回のことはわたしが関わっていることでござる。ここは、わたしに任せてもらいたい」

「しかし」

佐一郎は躊躇う風だったが、結局寅之助に任せることに同意した。

「まこと、不出来な弟のために御迷惑をおかけします」

佐一郎は左馬之助をなじりながらも、やはり、たった一人の弟のことが心配のようだ。

寅之助は一礼してから原田家を後にした。

喜多方藩邸に行く前に大貫屋敷が気にかかった。幸い、大貫屋敷は神田川を渡ってすぐの神田佐久間町だ。喜多方藩邸のある向柳原（むこうやなぎわら）の途中である。

ちょっと覗いてみようと思った。

大貫屋敷を訪ねるや、寅之助は屋敷内に通された。

兵馬がにこやかに出迎えてくれた。美知もにこにこと応対してくれた。型どおりの挨拶をしてから、

「時に松倉家から何か言ってきておりますか」

「それが全く」

美知はその方が不気味であるようだ。村瀬は諦めたということか。しかし、江戸留

守居役がやって来て御家を挙げて対決するとまで息巻いていたのである。それが、あれ以来、梨の礫とはどういうことだ。原田の屋敷にも行っていないようだ。やはり、争い事は避けたいということか。

しかし、村瀬という男のしつこさを思うと信じられない思いにもなった。

「なんだか、あの出来事が夢のように思えてしまいます」

美知の言うことも無理はない。寅之助とてもそんな思いがしてしまう。

「でも、寺坂さまが鑓を振るった姿は今も瞼に焼き付いていますわ」

「いや、あの時はわたしとしましたことが、いささか、気負っておりましたからな」

寅之助は顔が赤らんだ。

「ところで、左馬之助さまはいかがされていますか」

佐一郎から聞いたことは話し辛い。左馬之助を庇うというよりも、美知とても左馬之助を匿おうとしたのは武門の意地にかけてである。御家をかけて匿った男が実は匿うに足りる男ではなかったと知ったなら、きっと気落ちするのではないか。左馬之助の名誉を守るというより、美知の気持ちを傷つけたくはなかった。

「達者なようです」

寅之助は左馬之助の屋敷を訪ねて行ったことを語ったが、左馬之助が放蕩を尽くしていることは黙っていた。

「左馬之助さまのお兄上さま、さぞやご立派なお方なのでしょうね」

「まさしく、武士の鑑のようなお方でした」

それは自信を持って言えた。

「そうなのでしょうね。ご立派なお兄上さまがいらしてこそ、左馬之助さまもあのように真面目なご様子なのですね」

美知を欺いているようで心苦しい。

「では、これにて。松倉家、もしくは、村瀬から何か言ってきたらすぐに報せてください。何度も申しますが、遠慮はなしです。乗りかかった船、最後まで見届けるのがわたしの務めと思っております」

「寺坂さまらしいですこと」

美知はにっこり微笑んだ。

「では、これにて」

美知と兵馬の無事を確かめ、いよいよ喜多方藩邸へと乗り込むことにした。

一方、民部と繁蔵は日本橋長谷川町にある料理屋紅葉亭へとやって来た。ここで、女中に三吉らしき男が来ていないかを問うたが、知らないという。

「背格好は五尺そこそこ、三十半ばで鼻の下に黒子がある男なんだがな」

繁蔵は繰り返したが、女中は首を捻るばかりだ。

「武家の客はあるか」

民部が聞く。

女将は、「ございます」と短く答えた。どこの武家だと聞いてもそれは答えられないと言うばかりだ。

「そこんところをな」

繁蔵が食い下がったが、女将は店の信用に関わることだと拒絶するばかりである。これ以上は聞けない。この店が三吉と武士の会合の場と決まったわけではないし、三吉が武士と会っているかどうかも判然としないのだ。結局、立ち去るしかなかった。

「次、行きますか」

繁蔵が言った。

「そうだな」

こうなったら、地道に一軒一軒当たって行くしかない。次の店に移動しようとしたところで、何やら騒ぎが聞こえてきた。

嫌な予感に囚(とら)われる。それは繁蔵も同じようで、

「何でしょうね」

と、言う。

二人は同時に駆けだした。野次馬の群れを二人でかき分ける。

路地に男が倒れている。うつ伏せに倒れていて、五尺そこその身体に黒紋付を着ていた。

「まさか」

繁蔵は男を仰向けにさせた。鼻の下に黒子がある。

「三吉ですかね」

「わからんが、甚太郎を呼ぼう」

「合点(がってん)でえ」

繁蔵は長屋へと走った。

黒子の男は額をざっくりと割られていた。脳天から一刀の下に斬り下げられている。侍の仕業に間違いなかった。

第四章　頼みの十文字鑓（やり）

一

亡骸は三吉だった。

甚太郎が長屋へと引き取って行った。

「やはり、間違いないですね。三吉は口封じされたんですよ」

繁蔵の結論に民部も同意した。

「すると、何者かわからんが、下手人は侍たちということか」

民部は改めて身が引き締まる思いだ。

「地道に聞き込みしますか」

繁蔵の言葉に反射的にうなずいたものの、

「聞き込みも大事だが……」

と、繁蔵を引きとめた。繁蔵がおやっとした顔になる。

「三吉は口封じされた。つまり、相手の侍がわかっていたということだ。坊主頭の仏を柳森稲荷に捨てた夜は雨が降っていた。しかも、相当な雨だった。どしゃぶりの夜に、顔の見分けがついたということは、よほど侍たちを知っていると考えられる。今日は料亭で会ったにしても、それ以前に訪ねた可能性はある。料亭で会ったのは金を受け取るため、以前に会って口止め料の交渉を持ったはずだ」

つまり、今日は強請った結果得られる金を求めて料亭に行ったに違いない。おそらく、昨夜のうちに武士たちとは接触したはずだ。つまり、三吉は侍たちの素性、住まいを知っていたということだ。

「ということは……」

繁蔵の目が大きく見開かれた。

「三吉が出入りしている武家屋敷を当たってみるか」

植木職人なら武家屋敷に出入りしていることもあろう。

「合点でえ」

繁蔵は胸を叩いた。

民部と繁蔵は甚太郎から三吉が世話になっている植木職人の棟梁を教えてもらった。その男は、神田白壁町に住んでいた。三間長屋の真ん中の家である。二人は、小上がりになった座敷で長火鉢の前に座っている重吉という老練の植木職人と向かい合った。

「三吉を知っているな」

民部が聞いた。

「ええ」

重吉の目が険しくなった。三吉に対する不満を表しているように思える。箸で長火鉢の灰を掻き混ぜ、火を熾しながら、

「三吉の奴、何か仕出かしましたか。あいつ、このところ、仕事に出てこねえで、どうしようもねえったらねえんですよ。お上の手を煩わすようなことをやらかしたんですか」

「殺されたんだ」

民部が言うとさすがに重吉の箸の手は止まり、口が半開きになった。少しの間があって、

「だ、誰にですか」

「それはまだわからん」

「あいつ……」

　重吉が重いため息を吐いたところで、

「それで、教えてもらいたいのだが、三吉が出入りしていた武家屋敷は何処だ」

「武家屋敷って……。あいつ、お侍に殺されたんですか」

「そうと決まったわけではないが、その可能性は十分ある。とにかく確かめたいのだ」

　重吉は首を捻りながら、

「あいつにはこの所、お武家さまのお得意さまは任せていないんですよ。以前のあいつなら……。女房がいて真面目に働いていた頃なら、任せていたんですがね、それが、飲んだくれて休みがちな今のあいつにはとてもお武家さまの御屋敷の仕事なんか任せられるもんじゃござんせんや」

「以前というとどれくらい前になら、武家屋敷を任せていたのだ」

「女房が死ぬ前ですからね、三年ばかりも前ですか」

　民部は繁蔵と顔を見合わせた。三年も経(た)っているとなると、出入り先の武士の顔を覚えているものか。

「あいつ、お侍に殺されたんですか」

改めて重吉が尋ねてきた。

「今も申したように、その可能性があり、確かめる必要を感じている」

「そらまたどうしてです。少なくともあいつ、お侍と喧嘩するような度胸はありませんや」

重吉はかぶりを振る。

「ともかく、出入りしていた屋敷を教えてくれ」

「あいつ、そんなに腕はよくなかったですからね。こういっては何ですが、あんまりご立派なお庭のある御屋敷は任せてはいなかったんですよ」

そう言いながら教えてくれたのは、旗本、御家人の屋敷が五軒ばかりだった。

「すまなかったな」

「ろくな奴じゃござんせんでしたが、死んだら仏ですよ。たとえ、お侍でも虫けらのように人を殺していいもんじゃござんせんや。どうか、下手人を挙げてやってください」

重吉は話している内に三吉への思いが募ったのか、言葉を詰まらせた。

「任しておくんな」

　繁蔵が請け負った。

　寅之助は向柳原にある松倉家上屋敷を訪ねた。裏門から回ろうかと思ったがここは正々堂々と表門の前に立った。表門は長屋門の両脇に番所が連なるという国主格大名の格式を備え、大いなる威厳を漂わせている。いかめしい顔で六尺棒を手に立っている番士に訪いを入れた。

「拙者、直参旗本寺坂寅之助と申す。御留守居役本山千十郎殿にお取次ぎ願いたい」

　番士は髭面に鑓を抱えた男が眼前に現れ、戸惑いを示したが、相手が直参旗本であること、留守居役の名前を告げていることからともかく屋敷の中へと消えた。

　待つことしばし、

「入られよ」

　寅之助は長屋門脇に設けられた潜り戸から身を入れた。さすがは、二十万石の大藩だ。屋敷内は手入れが行き届き、流麗で豪奢（ごうしゃ）な御殿が見る者を圧倒する。御殿の玄関の両脇には桜と橘（たちばな）の木が植えられていた。時節になったら、さぞや見事な花を咲かせることであろう。

枯葉一葉落ちていない石畳を歩き御殿の玄関に至ると、上がってすぐ右脇にある使者の間へと通された。鴨居の長押に鐺を掛けてから本山を待った。待つことしばし裃に威儀を正した本山がやって来た。

「お待たせ致した」

本山は慇懃に挨拶を送ってくる。

寅之助は無言で見返した。

「その節は失礼致した」

本山は頭を下げた。

「それで、その後、いかになりましたか」

「いや、それが……」

本山は曖昧に言葉を濁した。

「いかがされたのですか」

口調を強める。

「それが、非はこちらにあることがわかりましてな」

無言で問いを重ねた。本山は渋面を作ったまま言葉を発しない。焦れたように、

「ならば、どういうことでしょう」

問いを繰り返した。

「実は」

本山は口の中でもごもごとさせていたが、廊下に足音が近づくと立ち上がり襖を開けた。村瀬たちがいた。いずれも、左馬之助を襲っていた者たちだ。

「入れ」

本山が言った。

村瀬を先頭に金魚の糞のように連なりながら侍たちが入って来た。漆喰の壁にずらりと並んで両手をついた。

「このたびは、大変な無礼を働き失礼致しました」

村瀬が詫びを入れた。

「…………。非を認めるのだな」

寅之助は拍子抜けする思いだ。

「はい」

村瀬はしおらしく頭を垂れた。

「馬鹿め」

本山は吐き捨てた。

「すみませんでした」

もう一度、村瀬は大きな声で詫び事を言った。一体、どうした心境の変化なのだろうと訝しんでいると、

「この者から、じっくりと話を聞きました。聞けば聞くほど、非は村瀬にあるとわかりました。原田左馬之助殿に対する非礼、まことに忸怩たるものがあり、原田殿の身柄の引渡しを求めるなどもっての外のことでした」

本山が苦渋の表情で告げた。それみたことかという思いが込み上げるが、同時に村瀬が非を認めたということも気にかかる。

「村瀬殿、心底からご自分の非をお認めになるのか」

村瀬は狡猾さは何処へやら、しおらしく答えた。

「まこと、武士の風上にも置けぬ情けなきことをしたものだと反省しております」

「ほう」

寅之助はしばらく口を閉ざした。それから村瀬以外の者たちにも強い眼差しを送る。

「方々も同じか」

「いかにも」

一同、声を揃えた。

「では、そのこと原田殿と大貫殿にもお示しあれ」

寅之助は本山に言った。

「むろんでござる。つきましては、まことに身勝手ながら、寺坂殿にはお立ち会いを願えまいか」

「乗りかかった船でござる。わたしに異存はない」

「かたじけない」

本山は言うと村瀬たちにも礼を述べよと言い立てた。

「ありがとう存じます」

村瀬は両手をついた。以下、侍たちも一斉に頭を下げた。

二

民部と繁蔵は五軒の武家屋敷を回ったが、手がかりを得ることはできなかった。いずれも、小さな武家屋敷で三軒が年寄、二軒は中年の当主であったが、人を斬るという殺気立ったものは一切ない。決めつけられないが、三年前に三吉が回っていたという武家屋敷と今回の殺しは繋(つな)がりがないようであった。

「こら、振出(ふりだ)しですね」

道すがら繁蔵がため息混じりに言った。

「探索は地道に行わないとな。無駄(むだ)の繰り返しさ」

民部は達観めいた物言いをしたが、内心では徒労に終わった一日にぐったりとしていた。腹がぐうっと鳴った。繁蔵が、

「ちょっと、やりますか」

と、猪口(ちょこ)を傾(かたむ)ける真似をした。

「そうだな」

民部もこのままでは帰ることができない気分だ。繁蔵がそこにしましょうと言って目についた縄暖簾を潜った。

冬の日は短い。

既(すで)に、八間行燈(あんどん)が灯(とも)され一日の仕事を終えた職人や店者(たなもの)が猪口を傾けている。繁蔵が小上がりの座敷に席を取り、燗酒(かんざけ)と肴(さかな)を頼んだ。

「何はともかく、お疲れさまです」

繁蔵が言い、民部も猪口を掲げ一口含んだ。全身に温(ぬく)みが行きわたり、かじかんだ

手にも血が巡ったようだ。

「坊主頭の仏、何者でしょうね」

「武士という見当はつけたが、さてな」

「三吉は仏のことも知っていたんですかね」

「それもわからん」

民部は苛々が募った。民部の苛立ちを見た繁蔵は不意に話題を変えた。

「ところで、十文字鑓の旦那……」

「寺坂さまか」

民部は寅之助のことに話題が及ぶと頰が綻んだ。

「寺坂さま、年内は酒を断つそうだ」

「何か願掛けてのことですかね」

繁蔵が言うと、二人は盛んに首を捻った。

「できますかね」

繁蔵はにんまりとする。

「寺坂さまは意志が固いからな」

民部は言った。

民部は家に戻った。母の美紀(みき)が出迎えてくれた。

「食事はすませてまいりました」

「では、お茶を淹(い)れますね」

美紀が淹れた茶を飲んだ。ふと美紀の手を見るとあかぎれがある。冬の水仕事はさぞ辛(つら)いことだろう。母にそんな思いをさせないためにも嫁を迎えなければという思いがする。

すると、

「志乃(しの)殿、森中(もりなか)さまの御子息との縁談が進んでいるそうですよ」

民部は茶碗を畳に置いた。

志乃とは同じ南町奉行所の臨時廻り同心御手洗佐平次(みたらいさへいじ)の娘で、八丁堀小町(こまち)と評判の美人である。その美貌(びぼう)ゆえ、一体誰が嫁にするか話題の的となってもいた。民部が嫁を迎えることに躊躇(ためら)いを感じているのは、志乃の存在があるからだ。高嶺(たかね)の花であることはわかっている。わかってはいるが、少なくとも所帯を持っていなければ、可能性は全くなくはない。

そんな志乃に縁談。志乃ならば、縁談はまさしく引く手数多(あまた)である。森中とは南町奉行所吟味方与力森中助右衛門のことだ。

与力の子息が縁談相手とは意外だ。同心の娘が与力の家に嫁ぐなど考えられないことだからだが、志乃ならばおかしくはない。

「なんでも、さる与力さまの養女になられて、それから嫁がれるそうです」

身分差はそうやって解消するということだ。

与力の妻は聡明さが求められる。与力の留守中に様々な嘆願を受けるからだ。嘆願者は大店の商人ばかりではない。大名家の留守居役なども訪れる。様々な嘆願を粗相なく受け付けなければならないため、賢くなくては務まらないのだ。志乃ならば、不足はないだろう。

悔しい、いや、相手が与力となると、もはや悔しさも感じない。いっそ、諦めがつくというものだ。

「志乃殿なら、与力さまの奥さまも立派に務まることでしょう」

弱々しい声音になってしまっていることが情けない。

「今日は、お疲れのようですね」

「一日、駈けずり回りました。殺しの探索です」

「まあ、それは大変でしたね」

美紀はご苦労さまですと言ってくれた。美紀は口には出さないが、民部が嫁を迎えることを願っている。志乃が本当に高嶺の花になったことでもあるし、母孝行をしなければならないこともあり、ここらで腹を決め、真剣に嫁を迎えることにしようか。

翌九日の朝、寒さでかじかみながら民部は奉行所へ出仕した。背中を丸め、手を袖に入れて歩く姿は年寄じみていて、若さを感じさせないであろうことは民部自身がよくわかっている。それでも、見てくれなど構っていられない厳寒の朝だ。霜(しも)が下りた道端は歩くとキュッと鳴り、春の訪れが待ち遠しい。

すると、前から志乃が歩いて来た。胸がときめく。寒さなどものともせず、背筋をぴんと伸ばし袖から手を出すと、きびきびとした所作で、

「おはようございます」

と、挨拶をした。

「おはようございます。寒さ厳しいことですね」

志乃の吐く息の白さが目についた。民部はつい縁談のことが気にかかり、

「この度はおめでとうございます。縁談が調(ととの)われたとか」

志乃の目元が引き攣(つ)った。

「ありがとうございます」

礼は述べたもののその表情は曇ってしまった。悪いことを言ったのかという後悔が胸をつく。志乃は与力の妻になることをうれしく思っていないのか。望んでいないのか。

「では、これで」

志乃は立ち去った。背中が寂しく感じられた。

なんとなくうれしくなって繁蔵と共にもう一度、三吉の長屋を訪ねた。とにかく、今は三吉しか手がかりがない。三吉は下手人と接触したはずなのだ。今はそのことに賭ける。

長屋に来ると、目つきのよくない、見るからにやくざ者といった風の男が三吉の家の前でうろうろとしている。

「おう、なんでえ、三吉に用か」

繁蔵が尋ねると、

「ええ、まあ。三吉、死んだんですってね」

やくざ者が聞いてきた。

「殺されたんだ」

繁蔵が返す。

「そうですかい。下手人は捕まったんですか」

「まだだが、てめえ、何者だ」

繁蔵が詰め寄るとやくざ者は伊佐治と名乗った。

「三吉に何の用だ」

「掛取りですよ」

伊佐治はそう答えたものの声を潜めて、

「三吉の奴、賭場に借金を作ってやがったんすよ」

伊佐治は賭場の帳場を預かっているのだそうだ。いかにも三吉なら賭場に通っていたとしても意外な気はしない。

「十両も溜めやがって」

伊佐治は吐き捨てた。

「そんなにもかい」

十両とは植木職人にしては大金だ。三吉、ずぶずぶとのめり込んでしまったようだ。

「馬鹿な野郎だ」

繁蔵が鼻を鳴らした。

「ところが、三吉の奴、急に金が入るから借金を返すなんて言い出しやがったんですよ」

「十両をか」

「信じられるわけねえから、疑ったんですがね。それでも、取りに来てみたらこの様ですよ」

伊佐治は苦笑を浮かべた。民部と繁蔵は顔を見合わせた。十両の返済は、武士たちを強請って得るはずの金をあてにしたものに違いあるまい。

「何処の賭場だ」

繁蔵が問いかける。

「そいつはご勘弁くだせえよ」

伊佐治はかぶりを振った。

「何も挙げようなんて思っちゃいねえよ」

繁蔵は民部を見た。民部もうなずく。伊佐治は迷う風だったが、

「町方の旦那に踏み込まれる心配はないんですがね、まあ、ここだけの話にしてくだ

さいよ」

と、断ってから伊佐治が言ったのは、

「奥州喜多方の御城主松倉さまの藩邸ですよ」

「松倉安芸守さま、二十万石の殿さまか」

民部が渋い顔をした。外様の雄藩である。町方が踏み込めるはずはない。三吉は頻繁に訪れていたようだ。民部は繁蔵を見た。繁蔵も表情が強張っている。

「ま、十両は香典替わりだと思いな」

繁蔵は伊佐治に言った。

「十両の香典とはずいぶんと高くついたもんですよ」

伊佐治は肩をそびやかし足早に立ち去った。

「下手人……、ひょっとして松倉さまのご家来かもしれませんね」

繁蔵が言った。

「おそらくはな」

民部も確信している。

「松倉さまとは、大物ですね」

繁蔵はため息を吐いた。民部とても同じ思いだ。

三

「乗り込みますか」

繁蔵は民部に判断を委ねた。

「う〜ん」

民部は唸った。松倉二十万石とは敷居が高い。高いどころではない。おいそれと乗り込めるものではないだろう。だが、それでも放っておくことはできない。やっとのこと、真相への手掛かりの糸が見つかったのである。これを手繰り寄せないでどうするのだ。

「十文字鐺の旦那にお頼みしてはいかがですか」

不意に繁蔵が言った。

「寺坂さまな……」

民部もぴんときた。

「あの方なら、頼ったら、乗ってくださいますよ」

それはそうだろうが、自分の役目に寅之助を利用するのはいい気がしない。まずは、喜多方藩邸への道筋をつけていかなければならない。それにはどうするか。

「賭場に行ってみるか」

「その形じゃだめですよ」

繁蔵に言われるまでもなく、八丁堀同心が賭場に行くわけにはいかない。民部は繁蔵を見返す。

「あっしですか」

「そうだ」

「わかりました。あっしが喜多方藩邸の賭場をのぞいてみますか」

繁蔵は十手持ちの探索心が疼いたのか、力強く請け負った。

九つ半（午後一時）頃、民部と繁蔵は向柳原にある喜多方藩邸にやって来た。裏門に行って番士に繁蔵は、

「ちょいと、やりたいんですがね」

番士にぎろりと見られ無言の内に押し返されてしまった。そこですごすごと引っ込んでは子供の使いである。繁蔵は、

「伊佐治の口利きなんですがね」

一朱金を番士に握らせた。番士はうむうむとうなずきながら、潜り戸を開けてくれた。入って右手にある中間部屋へと足を向ける。それを見送りながら民部は待ち続けることにした。

半刻と経たずに繁蔵は出て来た。

「早いな」

「あっという間に、やられてしまいましたよ」

繁蔵は賭場に来て博打をやらないわけにはいかず、やっている内にあっという間に金がすっからかんになってしまったという。賭場は博徒が仕切っており、藩邸の侍が顔を出すことはない。それでも、武家長屋が近いことから、藩士たち何人かとすれ違うことはあるという。それと、賭場の上がりから寺銭を藩邸に納めるため、担当の侍がやって来ることはあるという。

「ということは、しょっちゅう来ていた三吉が藩士たちの顔を覚えたとしても不思議ではないのだな」

「そうですね」

そのことは繁蔵も確信したという。

「しかし、この藩邸にどれくらいの藩士がいるのだろうな」

実際、見当がつかなかった。

二人は屋敷の周囲を歩き出した。歩いたからといって、侍を特定できるはずはないのだが、そうせずにはいられなかった。表門に至ると、その立派さに圧倒されながら見上げ続けた。

「どうしますか」

繁蔵は途方に暮れている。

「そうだな」

聞かれても民部とてもいい考えが浮かぶはずもない。すると、

「よお」

いきなり声をかけられた。

見ると、寅之助が歩いて来るではないか。

「何してるんだ」

寅之助は民部に尋ねた。村瀬たちと左馬之助に生じたいさかいの手打ちの段取りを打ち合わせしようとやって来たところに、民部と出くわした。

「殺しの探索ですよ」

民部は寅之助と会えただけでうれしくなった。

「殺しか」

寅之助は殺しと聞いて興味を抱いた。民部は町奉行所の同心、日々様々な事件に遭遇する。殺しを探索しても不思議はない。だが、この温厚な男が殺しの探索となるとなんとなく違和感を抱いてしまう。

「寺坂さま、先日はどうされたのですか」

「ああ、道場を休んだ日のことか。悪かったな」

「心配しましたよ」

「そういえば、おまえ、屋敷に来てくれたんだってな」

「大番五十嵐龍太郎さまの伝言をお伝えにまいりました。近々、内府さまの御前試合があるそうで」

「そうなんだ」

寅之助が茶でも飲むかと勧めると民部も繁蔵も応じた。

茶店の小座敷で寅之助は民部、繁蔵と向かいあった。

「ちょっとした騒ぎに巻き込まれてな、道場へ行くことができなかった」

寅之助は詳しくは話せないがなと付け加えた。

「それで、喜多方藩邸で手打ちの話となった。まずは、めでたしだ」

すると民部と繁蔵の顔に緊張が走った。

「どうした」

寅之助が問いかけると民部が、

「実は、殺しに松倉さまのご家来が関与しているかもしれないのです」

民部は殺しの一件を語った。

「すると、その仏は坊主頭に剃られているものの、武士らしいというのだな」

「わたしの見込みに過ぎませんが。ですが、下手人が松倉さまのご家来のどなたかというのは案外的を外してはいないと思います」

民部が答えるとすかさず繁蔵が、

「十文字鑓の旦那、お手助け願えませんかね」

「それはやぶさかではないが……」

遠慮がちな言葉ながら寅之助の胸は騒いでいる。その表情の変化を民部は感じ取ったようだ。

「いかがされましたか」

「思い過ごしかもしれんがな」

寅之助はその仏のことが気にかかった。その仏、ひょっとして原田左馬之助なのではないか。松倉家の家臣が下手人とすれば筋が繋がっている。そして、村瀬たちが急に態度を変え原田の引渡しを諦めたのも納得できることだ。

では、このまま村瀬にねじ込むか。

いや、いかにも早計というものだ。いくらなんでも、いきなり左馬之助を殺したかとは問えない。まずは、仏が左馬之助であるかどうかを確かめることだ。

「来い」

寅之助は立ち上がった。

「どちらへ」

繁蔵が問いかける。

「ちょっと気になることがあるんだ」

寅之助はそれだけ言うとさっさと歩き出した。

寅之助は民部、繁蔵を従えて原田屋敷へとやって来た。

「こちらは」

民部の問いかけに、

「仏の家かもしれん。外れていることを願うがな」

寅之助は表門から訪いを入れた。番士に開けられ中に入る。庭では佐一郎が木刀で素振りを行っていた。

「左馬之助殿はお戻りか」

「それが……。何処をほっつき歩いていることやら」

佐一郎は怒りを通り越し、弟への心配を募らせていた。

寅之助は民部を促した。

民部が柳森稲荷で素性の知れない遺体が発見されたことを語った。

「すると、その亡骸が弟だと」

佐一郎は半信半疑である。

「そうではないことを願うばかりですが、どうでしょう。遺体を見ては頂けまいか」

寅之助が言う。

「そうですな」

佐一郎は躊躇いながらも、ともかく事実を確認しなければならないと思ったようで、承知をした。

「どちらに行けばよいか」

「柳原の自身番までご足労ください」

民部が言うと繁蔵も頭を下げた。

佐一郎は寅之助たちと柳原の自身番に顔を出した。

筵が被せられた亡骸に跪（ひざまず）き、意を決したようにさっと筵を捲（まく）り上げた。一目見てから、

「弟でござる」

短く言った。

確かに左馬之助だ。寅之助にもそれが左馬之助であることがわかった。思わず、みな手を合わせた。

「一体、誰がこのようなことを」

佐一郎は悔しさで言葉を詰まらせた。

ここで松倉家と村瀬十四郎のことを持ち出すべきか。いや、それはあまりに早計だ。

「弟をこのような目に遭わせた者をわたしは許さない」

佐一郎の目には厳しい決意がみなぎっていた。

「寺坂殿、これはひょっとして……」

佐一郎は松倉家と左馬之助の争い事を思い浮かべたようだ。

「いかに思われる」

佐一郎はいい加減な返事を許しそうになかった。

四

「おそらくは、松倉家の家臣どもの仕業と」

寅之助は言った。

「おのれ」

佐一郎は歯噛みをする。民部は押し黙った。

「ひでえ」

繁蔵の口から絞り出されるようにして声が漏れた。

「これから、乗り込みますぞ」

佐一郎は言った。

「いや、それは避けた方がよい」

寅之助は珍しく慎重な姿勢を示した。

「何故でござる」

佐一郎はいきり立った。

「お気持ちはよくわかる。しかし、まずは、確かめねばならん。それには、佐一郎殿がいきなり行かれるのはよくない。まずは、拙者が足を運ぶ」

寅之助の断固とした物言いには説得力があった。

「それでは、寺坂殿に負担がかかります」

「そのようなことはござらん。左馬之助殿の死にはこちらにも責任がある。おれの手で決着をつけねば」

寅之助は言うや民部と繁蔵を促した。二人を伴うのは、左馬之助殺しの探索の経過を語らせるためだろう。

「どうか、軽挙妄動（けいきょもうどう）は慎（つつし）まれよ」

寅之助は佐一郎に釘を刺してから、民部と繁蔵を伴い自身番を出た。引き戸を通して佐一郎の慟哭（どうこく）が聞こえた。不出来な弟だとなじってはいたが、血を分けた弟の無残な死は到底受け入れることなどできはしないだろう。佐一郎の悲しみを思うと、村瀬たちへの怒りが募っていった。

「許せませんや」

繁蔵も言う。

「松倉二十万石か」

民部は相手の巨大さに圧倒されたのか口を閉ざした。


寅之助は民部を伴い、喜多方藩邸を訪れた。繁蔵は自分の身分を思って遠慮した。再び、御殿の使者の間に通される。

程なくして本山がやって来た。寅之助が八丁堀同心風の男を従えているのを見ると訝しんだ。

「本来なら、当方でお訪ねしなければならぬところ恐縮でござる。早速、お立ち会いのお打合せでございますな」

本山は寅之助だけでなく、民部にも視線を這わせながら言った。

「原田左馬之助殿、殺されましたぞ」

寅之助が告げると、

「なんと」

本山の顔は驚愕に彩られた。

「下手人は一体、誰でござる」

本山は問うてきた。

「ひょっとしたら、村瀬殿らではないかと睨んでおる」

寅之助の言葉に本山は、

「ご冗談を」

と、笑い飛ばしたが、寅之助の顔が真剣なのを見ると言葉を引っ込めた。

「まさか」

今度は大真面目に問い直してくる。寅之助は民部を促した。民部は柳森稲荷で原田の亡骸が見つかった経緯から夜鷹への聞き込み、三吉という植木職人が浮上したこと、その三吉が喜多方藩邸で行われている賭場に出入りしていたことを話した。本山の顔が引きつったが、

「しかし、それで、村瀬たちの仕業と決め付けるというのはいかがなものでしょうな」

「ならば、本人を呼んでくだされ。本人に確かめたい」

寅之助の申し出に、

「わかりました」

本山は立ち上がった。

第五章　途切れた糸

一

　程なくして村瀬十四郎がやって来て、本山千十郎と並んで座り寅之助と向かい合った。

「寺坂殿、何やら、我らに言いがかりをつけておられるようですな」

　村瀬の口調は冷ややかだ。

「言いがかりではない。疑いを持っているのだ」

　寅之助は返してから、原田左馬之助が殺されたことを告げ、町奉行所の丹念な探索により、下手人として村瀬たちが浮上した経過をかいつまんで語った。

「証(あかし)はござるのか」

村瀬はしおらしく反省していた時とは一変、以前のような傲慢（ごうまん）な態度に戻っている。

悔しいが証はない。

「ないのでござろう」

村瀬が嵩（かさ）にかかってきた。

「いかにもない。しかしながら、ないから、やっていないとは言えぬ」

「屁理屈（へりくつ）でござろう」

村瀬は声を荒らげた。

本山が間に入り、

「寺坂殿、村瀬と原田殿との間に遺恨があったのは事実としましても、証がない限り、村瀬たちの仕業と決め付けるには心もとないですな」

確かに、証がない以上、これ以上の追及はできない。

「寺坂殿、いかに」

村瀬は勝ち誇っている。その小憎らしい顔をぶん殴りたくなるのを必死で我慢した。悔しさの余り、拳（こぶし）に力が入り、奥歯がぎしぎしと鳴る。

「貴殿、自分の心に……。己（おのれ）の心を偽（いつわ）ってはおるまいな」

そう責めるのが精一杯だった。

「むろん、武士に二言はない」

村瀬は抜け抜けと言い放つ。

「その言葉、忘れぬ」

寅之助は言うと腰を上げた。


民部と別れ、鑓を小脇に抱えると神田佐久間町にある大貫家に急行した。

居間で美知と向かい合った。兵馬は手習いに行っているという。

「原田殿が亡くなりました。殺されたのです」

「な、なんと……、そんなことが……。殺されたとは、ひょっとして、松倉家のご家来衆にですか」

下手人として、美知の脳裏にも真っ先に村瀬たちが浮かぶのは当然だ。

「わたしはそう睨んでいます。しかしながら村瀬殿は……」

寅之助は喜多方藩邸を訪問し、村瀬が罪を認めなかったことを語った。

「そうですか」

美知は醒（さ）めた顔になった。それからやるかたないような顔で、

「原田さまが気の毒です」

と言い添えた。

何と言っていいのかわからず、そう賛同するのが精一杯だった。

「まったくです」

「致し方ないのでしょうか」

美知は途方に暮れている。寅之助とてどうすればいいのか。原田左馬之助の死をこのままにしていいはずはない。村瀬十四郎の仕業と決まったわけではないが、下手人は野放しになっているのだ。

しかし、手立てがない。

そこへ、

「御免」

玄関で声がした。美知が立ち上がって、玄関に向かう。聞き覚えのある声だ。そう、左馬之助の兄原田佐一郎に違いない。案の定、美知に案内されて佐一郎がやって来た。寅之助を見て挨拶をしてきた。

佐一郎は改めて、小普請組原田佐一郎と名乗ってから、

「弟が世話になりました」

きちんとした所作で礼を述べた。美知も礼儀正しく返し、左馬之助の死を悼んだ。

「左馬之助めが」

佐一郎は唇を噛んだ。それからおもむろに、

「寺坂殿には申したのですが、左馬之助という男、兄のわたしから申すのはなんですが、武士とは申せぬ放蕩三昧の男でございました。その弟が、こちらに迷惑をかけたこと、まことに申し訳なく存じます」

佐一郎は膝に両手を置き、頭を下げた。

「左馬之助さまは、ご立派でしたよ」

美知が気遣いを示した。

「そうでしょうか。さぞや、醜態をさらしたのではないかと危惧しております。あいつは何しろ、武士の魂を失っておりました。松倉家の家臣たちの襲来を恐れ、胆を冷やしていたことでしょう」

佐一郎は弟をなじりながらも目は真っ赤に充血している。それが、ありありと佐一郎の無念を物語っていて胸が痛む。更には、自分の無力さを思い知らされているようで寅之助は己を責めた。ここで、寅之助が喜多方藩邸を訪ねたことを語った。佐一郎の目が厳しく瞬かれた。

「すると、村瀬殿はお認めにならなかったのですな」

それは低くくぐもった声音であった。

「いかにも。わたしも追及する手立てを持ち合わせていないというのが申し訳なく存じます」

「いや、寺坂殿の御尽力には心より感謝申し上げます」

佐一郎に言われると余計に自分のふがいなさが痛感される。

「あとは、拙者が弟のために動かねばなりませんな」

佐一郎は言った。

するとそこへ、

「御免」

という声がした。

またも聞き覚えのある声だ。松倉家留守居役本山千十郎に違いない。美知が立ち上がったところで、

「松倉家の本山殿に違いない」

寅之助が言うと、

「断りましょうか」

美知が言ったのは佐一郎を気遣ってのことだろう。佐一郎は胸を反らし、

「是非とも会いたいところでござる。決して刃傷に及んだりはしませぬからご安心を」

寅之助もうなずく。美知は居間を出て玄関へと向かった。

「安心してくだされ。激情に駆られて、刀に手をかけることはしませぬ」

佐一郎は念押しをした。

「わかりました」

寅之助はそれは自分がしそうだという気がしてしまった。佐一郎がうなずき返したところで廊下を足音が近づいて来た。

「失礼致す」

入って来たのは本山と村瀬であった。寅之助が二人に、左馬之助の兄佐一郎だと紹介した。二人は佐一郎を見てさすがに厳粛な顔となった。きちんと正座をし、

「こたびの左馬之助殿のこと、心よりお悔やみ申し上げます」

本山が言うと村瀬も両手をついた。佐一郎は無言で返す。寅之助も黙っていると、

「本日まかり越しましたは、左馬之助殿はお亡くなりになりましたが、大貫家に御迷惑をおかけしましたことは事実でござる」

本山は紫色の袱紗包みを差し出した。それからはらりとめくる。中から二十五両の切餅が四つ、すなわち百両が出てきた。

「これはなんでございますか」

美知は冷たく言い放つ。

「迷惑料でござる」

本山がお収めくだされと言い添えた。

「無用にございます」

美知はきっぱりと断った。

「遠慮なさらずともようございますぞ」

本山は笑みを浮かべた。

「遠慮ではございません」

美知はいかにも見くびるなと言いたげである。寅之助は内心で快哉を叫んだ。本山は薄笑いを浮かべた。沈黙を守っていた佐一郎が村瀬に向き直った。

「貴殿が村瀬殿か」

村瀬は静かにうなずく。

「弟は貴殿との間でいさかいが起きたのでござったな」

「はい」

村瀬の答えはいかにも素っ気ない。

「いかなる事情であったのですか。拙者、弟からは何も聞いておりませぬ。貴殿の口からお聞かせ頂きたい」

佐一郎は一歩も引かぬというように目を凝らした。村瀬は少し間を置いてから、

「神田の縄暖簾でのこと、酒に酔ったご舎弟がわが黒紋付に酒をかけたのでござる。殿より拝領した黒紋付を穢(けが)されたということは、武門の名誉に関わることでござる。わが主君を愚弄するものと拙者は受け止めました」

「経緯はわかり申した。ですが、たとえ弟が無礼を働いたとしても、数人がかりで斬りかかったということはいかがなものか」

佐一郎の声は怒りを表すかのように微妙に震えた。

「それは……」

村瀬が言葉を詰まらせると、

「こやつ、すっかり頭に血が上りましてな。それで、あのような愚挙に至ったというわけでして、それでも、頭が冷えたところで、自分の行いを悔い、お詫びをしようと思った次第でござる。寺坂殿に立ち会いを求めた矢先、ご舎弟が亡くなられたと聞き

及び、我らも驚き入ったところでござる」

本山が横から口を挟んだ。

「まことに、みっともない所業をしたと申し訳なく存じます」

村瀬は頭を下げた。

その姿が白々しさを通り越し、開き直りのように寅之助の目には映った。それは佐一郎とて同じようで、苦虫を嚙んだような顔となっている。

二

「では、弟の死と村瀬殿は一切、関わりがないと申されるのですな」

改めて佐一郎に問われ、

「むろんでござる。寺坂殿からも疑われたのですが、まさしく、拙者の不徳の致すところと存じます」

村瀬は少しも臆することなく返した。

「しかとでござるな」

佐一郎は落ち着きを保っているが、目はぎらついていた。村瀬は、

「命を落とされたことはまこと気の毒と存じます。落命されたのが、偶々とは申せ、拙者とのいさかいが起きた後だけに、拙者をお疑いなのももっとも。しかし、拙者の仕業ではござらん。これはしかと申し伝えます」

村瀬は引導を渡すようにきっぱりと言った。

佐一郎は黙ってねめつけた。

「さて」

本山はこれで失礼しようと立ち上がった。最早、左馬之助の一件は落着したと言いたいようである。二人は足早に立ち去った。

「まったく、ふざけた連中だ」

寅之助は憤怒の形相となった。佐一郎も怒りを噛み殺している。

「こうなったら、評定所に訴え出ますか」

寅之助が言う。

「いや、それは」

佐一郎は躊躇いを示した。

「この際ですぞ」

「騒ぎを大きくはできませぬ。これ以上、騒ぎを大きくすると外様大名と直参との争いとなりましょう。わが弟がしでかしたいさかいがそのような大事となっては、まこと申し訳ない」

「では、このまま泣き寝入りをなさるか」

寅之助は言ってからしまったと思った。そんなことを言えば、実直な佐一郎のことだ。自分を追いつめてしまうのではないか。

「いや、言葉が過ぎました。原田殿のお気持ち、それは我らが想像する以上のものでございましょう」

寅之助が詫びると、佐一郎は黙ってうなずく。いかにも無念そうに唇を嚙んでいた。またも、申し訳なさと自分の無力さを痛感してしまう。

「一体、どうすれば……」

美知もこのままではすませたくないという気持ちなのだろう。自分はどうすればいいのだ。

「ともかく、弟の弔い(とむら)を出し、少し静かに考えてみます」

佐一郎は寅之助と美知を煩わせ(わずら)たくないと思ったのか、さばさばとした物言いをした。

「よもやとは存ずるが、早まった真似はなされませぬように」

寅之助は言わずにはいられなかった。

「わかっております」

佐一郎は静かに微笑んだ。


寅之助は自宅に戻った。

百合が訪ねて来ていた。百合の顔を見ると波立った気持ちが静まってゆく。

「義兄上、お帰りなさいませ」

「うむ」

ぶっきらぼうに返す。

心安らぐことも、百合に無愛想に振る舞ったのもよくわからない。ただ、何故か亡き妻寿美に対して申し訳ない気持ちが胸を突き上げた。

「父から聞きました。禁酒をなさっておられるとか」

百合はちらっと千代を見た。千代はおかしそうに微笑む。

「年内はな」

「我慢できるのですか」

「できるとも。酒など飲まなくてもなんでもない」

強がって見せた。

「本当ですか」

百合はからかうかのようだ。それから真顔に戻って、

「義兄上、内府さまの御前試合、ご健闘を祈っております」

「うむ」

「優勝は五十嵐さまとの評判が立っておると父が申しておりましたが……」

百合の口から五十嵐龍太郎の名前を聞くと俄然、燃えてきた。

「五十嵐か」

燃え盛る気持ちをどうしようもない。

「義兄上とは好敵手であられたそうですね。龍虎と称されていたとか。腕が鳴るのではございませぬか」

「負けるわけにはいかん」

「負けたら、来年一杯禁酒ですよ」

横から千代が言った。

「ええっ。そんな馬鹿な……」

寅之助は口をあんぐりとさせた。

「あら、自信がないのですか」

千代の挑発に、

「そんなことはありません」

つい、むきになってしまった。

「その言葉、よもやなかったとは言わせませんよ。百合殿、聞きましたね」

千代は百合に向いた。

「確かに聞きました」

百合も力強く首肯した。

「百合殿が証人ですよ」

千代がにこやかに言う。

「わかっておりますよ。そんな、くどくど言わなくても」

寅之助が返すと千代も百合もくすりと笑った。

「さて、わたくしはそろそろ」

百合は立ち上がった。

「寅之助殿、お送りなさい」

千代が言う。確かにもう日が暮れた。いくら屋敷街とはいえ、女が一人で屋敷へ帰るのは危険である。

「わかりました」

「いえ、結構でございます」

百合は遠慮がちに断る。

「いいえ、いけませぬ」

千代は強く言う。

「そうですよ、送ります」

寅之助も立ち上がり、百合が遠慮するのを断固として送って行くと主張した。

寅之助は百合を伴い屋敷の外に出た。人通りの絶えた屋敷街は師走とは思えない。寒風が身に沁み、往来の土も硬くなっており、霜夜の寒さが身に堪える。寅之助の右後ろから歩いて来る百合との間に会話がない。話題が思い浮かばないし、一体、どんな話をすればいいのやら。すると、なんとなく気まずい空気が漂った。

それを誤魔化すために空咳をする。すると、白い息が横に流れた。

「義兄上は」

突如百合が口を開いた。

「何だ」

歩きながら問い返す。

「後添いをお貰いにはなられないのですか」

足が止まった。すると、百合は足を止めさせたことを申し訳なさそうに詫びてから、

「いえ、姉上に気がねをなさっておられるのかと思いまして。姉上もきっと後添いをもらうことを願っておられますよ」

「まあ、そうだな。こうしたことは縁あってのことだから……。そうだ、おれのことより、百合殿だ。いつかお父上も心配しておられたぞ。百合殿のことだ、縁談には事欠かないと思うが、何故か乗り気ではない、とご心配になっておられた」

「わたしには未だ早うございます」

百合は目を伏せた。

「誰か、心寄せる人でもいるのか」

「…………」

百合の言葉が途絶えた。闇に甘い香りのみが漂う。ふと、提灯を百合の方に掲げ

た。提灯に百合の面差しがぼうっと浮かび上がった。

「何なら、おれが相手に伝えに行ってやろうか」

するると、

「おりません」

返してきた百合の声はひどく不機嫌であった。それから突如として歩き出した。足早に寅之助の先に立って歩いて行く。闇に呑まれた百合を追いかける。

「待て、そう、急くな」

声をかけても、百合の速度は落ちなかった。それから、何を話しかけても百合は答えなかった。そのまま飯塚屋敷の門前までやって来た。

「ありがとうございました」

百合は深々とお辞儀をした。

「うむ」

気圧されたように挨拶を返す。

百合が無事、屋敷の中へ入って行くのを確かめてから寅之助は踵を返した。

「どうしたんだ」

何故、百合は急に不機嫌になったのだろう。

首を捻りながら歩いて行く。すると、暗闇に複数の足音が近づいて来た。

あっという間に寅之助は侍たちに囲まれた。みな、黒覆面をしている。物盗りの類ではない。

「何者だ」

しかし、返事はない。

松倉家の家臣たちか。村瀬の姿を探したが闇に阻まれてわからない。提灯を目標にされてはと、地べたに投げて踏みつけた。たちまち、漆黒の闇と化す。同時に侍が二人斬りかかってきた。寅之助は反射的に抜刀し敵の刃を受け止める。闇夜に刃がぶつかり合う鋭い音が響き、火花が散った。

寅之助は一目散に駆けだした。

追いすがる敵だが、みるみる離してゆく。走ったお蔭で身体中がぽかぽかとした。屋敷に着く頃には追手の気配は消えていた。

「村瀬め」

自分にまで魔手を伸ばしてきたか。

三

「ただ今、戻りました」

母には心配をかけてはならない。努めて落ち着きを取り戻し、挨拶をした。

「提灯、どうしたのですか」

玄関で出迎えた千代が訝しんだ。

「あ、いや、帰り道、落としてしまいました」

「何をやっているのですか、そんなことでは御前試合が思いやられますね」

言い置いてから千代は居間へと向かった。斬り合いによる波立った気持ちを和ませようと、居間で勧められるまま茶を飲んだ。それからふと、

「百合殿から後添いをもらうよう勧められました」

「百合殿も心配なのですよ」

千代も口にこそ出さないが、そう思っていることは確かだ。

「その気になったのですか」

千代は責め口調である。

「いや、こればかりは、縁ですからな」

「御前試合で優勝すれば、よき縁談がくるかもしれませぬよ」

「そうですな」

生返事をした。百合の態度が気にかかったのだ。百合に縁談を勧め、好いた者がおれば自分が一肌脱ぐと言った。すると百合は急に不機嫌になった。

――娘心はわからない――

そんな思いがした。

「しっかりなさい」

千代は言うと先に休むと寝間へ向かった。ともかく、村瀬のことだ。ついには自分の命まで狙ってきたのだ。むしゃくしゃとする。

「おのれ」

つい、気持ちが高ぶった。


明くる十日、寅之助は瀬尾道場へとやって来た。道場に立つと、一時、気持ちのもやもやが消え、思う存分汗を流した。

帰り道、

「ちょっと、よろしいですか」

民部から誘われた。むろん、断るつもりはない。二人で縄暖簾を潜った。潜ってから、

「禁酒をなさっておられるのでしたね」

民部は慌てて出ようとしたが、寅之助は茶を飲むからかまわんと言って引き止めた。民部は恐縮して酒を頼んだものの、寅之助が飲まない以上、進むわけもなく、ちろりは減らない。

「すっかり、手詰まりとなってしまいました」

民部は言った。

「そうだな」

寅之助も湯呑に口をつけたまま呟く。

「証だ」

次いで、口に出した。

「まさしく、証でございます」

民部も強く首肯した。

「このままでは、村瀬は逃げおおせてしまう」

「それは許せません。断じて許せません」

民部は悔しげに唇を噛んだ。しかし、講ずる手立てがなくてはどうしようもない。

「思い切って、評定所に訴えましょうか」

「それは、原田佐一郎殿にも申したのだがな、原田殿はそれでは事が大きくなるから、と避けようとなさっておられる」

「それもそうですね」

民部も強くは主張できないようだ。それから二人の間には重苦しい空気が漂う。

「ならば、わたしが、あくまで殺しの一件に的を絞って訴えます」

民部は勇んだ。

「それにしても、証が必要になってくるぞ」

寅之助に言われ、民部はうなずくのが精一杯であった。飲みたい、こういう時は飲みたいのだがそういうわけにはいかない。焦れったいがどうしようもない。

「もっと地道に聞き込みをしてみます。当たり前のことですが」

民部は言った。

「そうだな、おれも聞き込みをしたいところだが」

「それには及びません」

民部は強くかぶりを振る。

「それはそうだな、この顔では目立って仕方がない」

寅之助はわざと陽気に笑った。

「そんなことは」

民部は申し訳なさそうに頭を掻いた。

「さあ、飲め」

寅之助はちろりを持ち上げ、民部の猪口を満たしてやった。民部は吹っ切れたようにしてそれを飲んだ。

「おれは食うか」

寅之助は牡蠣鍋に舌鼓を打った。


その翌日、民部と繁蔵は聞き込みを行った。

「こうなったら、徹底して、三吉殺しに絞ってやってやろう」

民部の提案に従って三吉が殺害された現場近辺を聞きこんだが、成果はさっぱりだった。日が暮れ、

「腹減ったな」

民部が腹をさすったところで、

「おで〜んやあ、おでん。おでん、おでん、燗酒ぇ〜、甘いとぉ辛い」

屋台のおでん屋の売り声がした。強い誘惑に駆られたが、酒を飲むわけにはいかない。繁蔵も同じ思いのようで、

「夜鳴き蕎麦でも食べますか」

と、誘惑を払い除けるように言った。

「そうだな、蕎麦で温まるか」

民部も賛同した。

柳原通りまで出ると、柳森稲荷の前で夜鳴き蕎麦屋の屋台が出ていた。二人はそこへ行き、繁蔵がしっぽく蕎麦を二つ頼んだ。まもなく、湯気が立った蕎麦が出来上がった。

「うめえ」

繁蔵が破顔したように、かじかんだ手が温もり、身体中を血が駆け巡っているようだ。蕎麦一杯で元気が回復したような気がする。するとそこへ夜鷹がやって来た。

「おや」

と、声が上がったのはお節であった。

「旦那方、夜までご苦労さんです」

「おまえたち、これから商(あきな)いか」

繁蔵が言う。

「ええ、そうなんですがね、あの殺しがあってから、みんなびびってしまって、早仕舞いをしたり、中々(なかなか)出ようとしなかったり……。下手人、まだ、捕まっていないんですよね」

「ああ、まだだ」

繁蔵の声が曇る。

「見当くらいついたんですか」

お節は下手人が挙がってくれないと商売ができないと嘆くことしきりである。民部は居たたまれなくなった。

「三吉さんまで殺されちまうなんてね」

お節は言った。

「三吉、博打に狂(くる)っておったようだな」

ここで民部が口を開いた。

「そうなんですよ」

「喜多方藩邸の賭場だったのか」

「そこまでは知りませんでしたが、どちらかのお大名屋敷だってことでしたがね」

お節は言った。

お節から証言が得られればいいのだが。それも無理なようだ。

「まあ、しっかり、稼いでくれ」

民部はお節に蕎麦を奢ってやった。お節はすみませんねと礼を言った。


二人は蕎麦屋から離れた。

「もう、この辺に姿を現すことはないでしょうね。松倉さまのお侍さま」

繁蔵が言った。その通りである。口封じという目的を達した以上、村瀬たちがやって来ることはあるまい。それが、唯一の慰めであった。

「もう一度、三吉の家に行ってみるか」

民部は言った。

繁蔵は乗り気ではなかったが、この近くであることから三吉の家に行った。

四

三吉の家はがらんとしていた。

大家の甚太郎を訪ねる。甚太郎はご苦労さまですと言ってから、

「三吉殺しの下手人は」

と、不安げな表情を浮かべた。

「まだだ」

答えるのが辛い。

「それで、何か手がかりはねえかと思ってやって来たってわけだ」

繁蔵が言う。

「手がかりといいましてもね」

甚太郎も当惑している。民部たちとてあるはずはないと思いつつも再度聞かざるを得ない。甚太郎は考えていたが、

「そういやあ」

と、柳行李(やなぎごうり)をごそごそと探っていた。

「三吉の遺品なんですがね」

言いながら取り出したのは、半纏である。

「それは……」

繁蔵が問いかけると、

「あいつの半纏に混じっていたんですがね」

「ちょっと、貸してくれ」

民部はそれを手に受け取った。繁蔵もしげしげと見る。

「これ、喜多方藩邸の小者の半纏ですよ。そうか、喜多方藩邸じゃあ、博打ですっからかんになった男にはこれを貸してくれるって聞いたことがありますぜ」

「ということは、三吉が喜多方藩邸の賭場に出入りしていたという証は見つかったということか」

民部は言った。

「一歩前進ですね」

繁蔵もうれしげに答える。

ささやかな成果だ。三吉が喜多方藩邸で開かれている賭場に出入りしていたことは既にわかっていることだ。それでも、それを裏付ける証が見つかったことに喜びを感じるのは、今回の事件の困難さを物語っていた。

「どうですか、お節に助けてもらいませんか」

繁蔵は言った。

「証言してくれと頼んだところで、お節は侍たちの顔はよくは見ていないと申しておったぞ」

「そうなんですがね、ひょっとして、侍の方は……、村瀬さまの方は、見られたと思っているかもしれませんや。それに、三吉の奴がお節に話したと危ぶんでいるかもしれません」

「というと……」

民部は繁蔵の考えていることが薄らとわかったが、それは躊躇われる。

「お節が侍の顔を見たってことを村瀬さまのお耳に入れるんですよ。もちろん、ガセネタですぜ。ですが、村瀬さまはきっと動きますぜ。万が一を考えて……」

「お節の口封じにやって来るというのだな。つまり、お節を餌にして、村瀬さまをおびき寄せるということか」

「そうです」

繁蔵はぐっと唇を嚙んだ。

「しかし、お節は承諾するか、承諾するとは思えん」

「ですから、お節に断りを入れることなく、実行しませんか」

「それは、できん。村瀬さまをおびき寄せるということはお節の命を危険にさらすということだ。そんな企て、当人の知らないところでやっていいわけがない」

民部はきっぱりと否定した。繁蔵は小さくため息を吐き、

「それもそうですね、なら、頼んでみますか」

と、折れたものの、承知するはずはないと小声で呟いた。

「ともかく、当たってみよう」

民部の言葉に繁蔵も首を縦に振った。


しかし、二人の願いは通じなかった。

その日の深夜、お節が何者かに斬り殺されたのだった。一刀の下に袈裟懸けに斬られていた。場所は柳森稲荷、真夜中ゆえ、目撃者はいなかった。

これで、村瀬に辿り着く糸はぷっつりと切れてしまった。

第六章　悲劇の釣瓶（つるべ）打ち

一

　翌十二日の昼、悶々（もんもん）とした中、寅之助は屋敷の庭で木刀を振るっていた。御前試合のための鍛錬（たんれん）であると同時に、やり場のない怒りの発散でもあった。寒空の下、諸肌（もろはだ）脱ぎとなって木刀を振るう姿には鬼気迫るものがあり、汗ばんだ上半身からは、湯気が立っているようだ。さすがに千代も迂闊（うかつ）には声をかけられないでいる。それくらいに、汗まみれとなってしまった。一心不乱（いっしんふらん）に木刀を打ちこむ姿はまさしく鬼気迫るものがあった。

　と、母屋の玄関から、

「御免ください」

女の声が聞こえた。

まごうかたなき美知である。さすがに、寅之助の手も止まった。千代がお客さまですよと案内して来たのは美知と兵馬であった。

「いらっしゃい」

鬼の如き面が柔らかになった。

「お邪魔でございましたか」

美知は遠慮がちに言った。

「いや、一休みしようと思っていたところです」

寅之助は手拭(てぬぐい)で脇や胸、背中を拭(ふ)き、着物に袖を通すと沓脱石(くつぬぎいし)に雪駄(せった)を脱ぎ、縁側から居間に入った。美知と兵馬は改まって両手をつく。

「兵馬殿、元気そうですな」

にこやかに言うと兵馬はにっこり微笑んだ。千代が茶と菓子を持って来た。それから、ごゆっくりと出て行った。

「原田さまは本当にお気の毒で」

美知は左馬之助のことが気になるようだ。

「あれから具体的な手立てがなく、どうしたものかと、わたしも手をこまねいております」

寅之助の脳裏に、今朝民部から聞いた夜鷹のお節がむざむざと殺されたことが思い出された。民部は下手人は不明だと言ったが、殺され方から見て寅之助も民部も村瀬が口封じしたとの見解で一致している。思い出すとつい厳しい顔になってしまった。

美知が、

「このところ、屋敷の周りを怪しげな者たちが徘徊しているのです」

「松倉家の家臣たちですか」

「そうではないような……」

美知は小首を傾げた。どうしてそう思うのだと目で聞いた。

「侍ではないのです」

美知が言うには、見かけない棒手振や行商人たちだという。用もないのにうろうろとしているのだとか。

「それは、不気味ですな。よし、わたしが追っ払ってやりましょう」

寅之助は勇み立った。

「それには及びません。戸締まりを厳重にします」

美知がやんわりと断る。

「その者たち、盗人(ぬすっと)かもしれませんぞ。武家屋敷というのは案外、盗人が忍び込みやすいと言われておりますからな」

「しかし、当家には盗まれるような物はございません」

「盗人の目から見れば、金目の物がたくさんあると映るのかもしれませぬ。裏門の側にご立派な土蔵があり、しっかりと南京錠(なんきんじょう)が掛けられておりました」

村瀬たちの襲撃に備えて一夜を過ごした翌朝、左馬之助の様子を見に行った際に朝日を受けた土蔵の海鼠壁(なまこ)が思い出される。

「土蔵はあっても、中にお宝などございません。寺坂さまからご覧になって、当屋敷、盗人が目をつけるような屋敷に見えますか」

改めて問われてみれば、確かにあの屋敷に金がふんだんにあるとも、秘宝があるとも到底見受けられない。そのことは口には出せないのだが。寅之助が困ったように口をつぐんだためか、美知は話題を変えた。

「本日、お伺いしましたのは、兵馬を鍛(きた)えて欲しいのです」

美知は兵馬を見た。兵馬はちょこんと座っている。

「鍛えるとは……」

「寺坂さまに剣術を仕込んで頂こうと思いまして」

「ほう、剣術を習いたいか」

寅之助が問うと兵馬はこくりとうなずく。

「町道場に通わせようと思ったのですが、まだ、兵馬の歳では入門できる道場はございません」

美知はどうしても今から武芸の鍛錬をさせたいのだという。今回のことで、兵馬には強い男になって欲しいという母としての切なる願いのようであった。

「兵馬殿、強くなって母上をお守りせねばならぬな」

寅之助は兵馬を励ました。兵馬は力強くうなずく。

「ならば、早速やるか」

「はい」

兵馬は力強く言った。美知は何度も礼を述べて帰って行った。寅之助は兵馬を連れ、庭に下り立った。

「さて、木刀を持ってみなされ」

寅之助は木刀を兵馬に握らせた。

「それで」

と、正眼(せいがん)に構える。

それから寅之助は兵馬相手にしばし、剣術の稽古をした。

兵馬が帰ってから、夕方になって原田佐一郎がやって来た。佐一郎は居間に入ると、寅之助に向かい合った。手には五合徳利を提げている。

「これ、一緒にいかがか」

佐一郎はにこっと笑った。

飲みましょうと、応じたかったが、禁酒をしている。せっかくの佐一郎の好意を無にするようで心苦しいのだが、ここははっきりと断るべきだ。

「それが、わたし、禁酒をしておりましてな」

「それは失礼した」

佐一郎はまるで自分が悪いことでもしたかのように頭を垂れた。そこへ、千代が入って来た。

「お母上、拙者としたことが、知らぬこととは申せ、無用な酒を持って来てしまいました」

佐一郎が詫びた。

「いや、原田殿、せっかくのお酒です。わたしに遠慮なくお飲みくだされ」

寅之助は勧めたが、

「そういうわけにはまいりませぬ」

佐一郎はいかにもばつが悪そうだ。それはそうだろう。他人の家に上がり込んで、主人が飲まないのに自分だけが飲むわけにはいかない。千代を横目に見る。佐一郎に免じて、今夜だけは特別に飲ませてくれと心の中で訴えかけた。

「あいにくと、寅之助は禁酒中でございます。寅之助のことはどうか気になさらず、原田さま、お飲みください」

千代の無情な物言いだ。

この鬼婆(おにばば)。

内心で毒づく。

「いや、お母上、それはできませぬ」

佐一郎は背筋をぴんと伸ばした。すると、千代は、

「それでは、わたくしが頂きましょう」

しれっと言った。

「母上」

寅之助は口をあんぐりとさせ、佐一郎も意外そうな顔となったが、

「承知致しました」

すぐにうれしそうな顔をした。

千代は女中に言いつけて、膳と猪口を用意させた。

「燗をつけましょうか」

「冷でもかまいませぬが」

佐一郎が言うと千代もそれもそうですねと応じた。肴はいいのがありますよ、となんとカラスミを用意すると千代が言い出した。

「母上……。カラスミがあるのですか」

寅之助は驚きと不満を滲ませた。

「ありますよ」

千代はそれがどうしたというように膳にカラスミを用意し、佐一郎に勧める。佐一郎は勧められるままカラスミに手をつけ、酒を飲んだ。それを見て千代も飲み干した。

いい飲みっぷりである。

「お見事」

佐一郎に言われ、すっかり気をよくしたように千代は猪口を重ねた。二人が酒を酌み交わす間、寅之助は手持無沙汰で一人不貞腐れていた。

「寅之助殿、禁酒は守らねばなりませんよ」

千代は寅之助の不満を煽るように言葉を重ねる。

「わかってますよ」

つい、むきになってしまう。

「さあ、もっと飲みましょう」

千代は陽気に言い、佐一郎は礼を失することはないが、表情を和ませて楽しげに飲んでいた。

酒を飲んでから、

「今夜は、大変楽しゅうございました」

佐一郎は言った。

「お構いもできませんで。また、いつでもいらしてください」

千代は佐一郎とすっかり意気投合したようだ。

佐一郎を玄関まで送った。

「寺坂殿、今度は一緒に酌み交わしましょうぞ」

「今度はわたしが酒を持って御宅へお伺いしようと思います」

寅之助は千代の態度に、わざと忌々しげに申し出た。

「是非、お待ちしております。できましたら、弟と三人で飲みたかったですな」

佐一郎は言った。

「まったくです」

「では、今夜は本当に楽しゅうござった。お母上にくれぐれもよろしくお伝えくだされ」

佐一郎は頭を下げた。

「母のあのような楽しい姿を見たことはござらん。こちらこそ感謝致す」

寅之助は言った。

佐一郎は颯爽と立ち去った。

二

明くる十三日、衝撃が寅之助を襲った。

もたらしたのは、民部である。民部は血相を変えて屋敷に飛び込んで来た。

「た、大変でございます」

寅之助は寝起きで、あくびを漏らしながら母屋の縁側に出た。

「どうした、何か進展でもあったのか」

縁側にあぐらをかいた。

「原田さまが……」

民部は息が上がっていて言葉が空回りをしている。原田と聞いて嫌な予感がした。

「どうした」

縁側から飛び降りる。

「切腹されました……。喜多方藩邸の門前だそうです」

民部はやっとのことで言った。

「なんだと」

しまった、昨晩、別れを言いに来たのだ。それを見抜けなかったとは……。寅之助は急いで身支度をして民部を伴い出かけようとした。千代が何処へ行くのだと聞いてきた。

「喜多方藩邸です。門前で原田殿が切腹して果てられたのでござる」

「な、なんと」

千代は呆然と立ち尽くした。母を気遣うよりも、今は喜多方藩邸へと向かうことに

した。民部を伴い、寅之助は鑓を片手に走り出した。

──原田殿──

さぞや無念であっただろう。結局、原田兄弟はともに命を落としてしまった。一体、おれは何をやっているのだ。どれだけ自分を責めても責め足りない。

喜多方藩邸の門前にある辻番所に佐一郎の亡骸（なきがら）が横たえてあった。辻番に寅之助は素性を語り、原田の亡骸と対面した。原田は腹を十文字に搔き切り、首筋の動脈を断っていた。壮絶なる最期である。

民部はそれを見て蒼（あお）ざめていた。

「原田殿」

寅之助は両手を合わせた。横で民部も合掌をした。脇に血に染まった書状があった。辻番が、

「これ、寺坂寅之助さま宛てになっております」

と、言って渡してくれた。寅之助はそれを恭（うやうや）しく受け取り、丁寧な所作で開けた。すると、中にもう一通の書状が入っている。まずは、自分宛ての書状を読んでみた。そこには、寅之助に対する感謝の言葉が連ねてあった。それは流麗な文字で書か

れたしっかりとした文章で、佐一郎の人柄を如実に物語っていた。次いで、もう一通の書状を開ける。

それは松倉家に対する弾劾状であった。つまり、佐一郎は自分の死と引き換えに、村瀬たちの調べを行い、村瀬たちが左馬之助を殺したのであれば、断固として弾劾してくだされと遺言していた。

「原田殿」

無念の思いを残しこの世を旅立った佐一郎を思うと、無駄死にに終わらせてはならないという使命感が怒濤のように押し寄せる。

「ちょっと、待っていてくれ」

寅之助は民部に言った。

「わたしもまいります」

「いや、ここで待っておれ」

寅之助は有無を言わせない態度で言い置くと辻番所を出た。

喜多方藩邸の表門の前で仁王立ちをした。そこで鑓をぶるんぶるんと大きく振り回す。番士が驚きの表情を浮かべた。

「本山殿に取り次げ、寺坂寅之助だ」

そう怒鳴った。

番士は慌てて奥に引っ込む。その間、寅之助は仁王立ちで立ち尽くした。すぐに番士が戻って来て、表門脇の潜り戸を開ける。ところが、

「開門！」

寅之助は叫んだ。

門番が戸惑っている。

「開門せよ！」

更に怒鳴る。番士が再び引っ込んだ。

「開けぬとぶち破るぞ」

寅之助は鑓を腰溜めにして門ににじり寄った。すると門が音を立てて開いた。開門された先に、本山が立っていた。寅之助は屋敷の中に足を踏み入れる。

「ずいぶんと乱暴な訪問ですな」

「門前で原田佐一郎殿が切腹して果てた」

「迷惑な話ですな」

本山は苦笑を浮かべた。

「原田殿の死を迷惑で片づけるか」

寅之助は怒鳴った。

「迷惑でござる」

本山は平然と繰り返した。

「原田殿は、弟左馬之助殿の死について村瀬殿らの弾劾を訴えられて腹を切られた。そのこと、重く受け止められよ」

「そうは申されても、何度も申しますように、村瀬が原田殿のご舎弟の死に関わるなどということは全くござらん。なんでしたら、評定所にでも訴えられたらいかがか」

原田は胸を張った。憎々しいまでの堂々たる態度だ。

「では、尋ねる。四日前の晩、番町の屋敷街を歩いている夜道のおれを襲ったな」

寅之助は鐺を持ち上げ、石突きでどんと地べたを突いた。

「またも、言いがかりでござるか」

本山は呆れたように鼻で笑った。

「またも言い逃れか」

寅之助は睨む。

「何やかにやと当家に言いがかりをつけられて、いい加減になされ!」

本山が怒声を発したところで、数人の侍が駆けつけて来た。今にも寅之助に斬りかからんばかりの勢いである。

「やるか」

寅之助は望むところだとばかりに大きく鐺をしごいた。侍たちは殺気をはらんだ目で睨んでくる。

「お引き取りあれ」

本山は静かに告げた。その落ち着いた様子が憎らしい。実際問題、ここで争ったら自分どころか寺坂家は潰れる。直参旗本の身で、大名屋敷に押し込み、鐺で暴れ回ったとしたら、一言の言い訳も許されず処罰されるは必定。本山はそれを狙っているのだろう。

犬死にである。原田佐一郎の死も無駄にすることになるのだ。

寅之助は鐺を静かに脇に抱えた。

「帰る。帰るが、その前に申しておく。おれは、断固として許さん。決して許さんぞ。必ず、罪を償(つぐな)わせてやるからな」

宣言することも忘れなかった。

「面白い。やれるものなら、やってごらんなされ」

本山はいかにも蔑(さげす)みを含んだ眼差(まなざ)しで睨んでいる。

「寺坂寅之助は芋侍かもしれぬが、理不尽な行いに屈したことはただの一度もないのだ。よく、覚えておいてもらおう」

「しかと承(うけたまわ)った。口に出したことを悔いるようなことにならなければよろしかろうな」

本山は受けて立とうというように胸を反(そ)らした。

寅之助は正々堂々と表門から大手を振って出て行った。


出てすぐに民部が心配そうに駆け寄って来た。

「心配するな、どうということはない」

「でも、松倉さまに喧嘩を売っておられたではございませんか」

「どうして知ってるんだ」

寅之助は首を捻(ひね)った。

「あんな大きな声でおっしゃっておられたら、丸聞こえですよ」

民部は苦笑を漏らした。寅之助は思わず赤面してしまった。

「いいんですか、今度は寺坂さまが狙われるのですよ、いや、そんなことで腰が引けるような寺坂さまではないと思いますが。それどころか、益々、意欲をかきたてられたのではございませんか」

「当たり前だ」

寅之助は言うと、民部に原田屋敷まで走るよう求めた。民部は全速力で走り去った。

民部が原田家の若党を連れてやって来るまで辻番所で待った。やがて、若党と中間が大八車(だいはちぐるま)を引いて、佐一郎の亡骸を引き取りに来た。若党はつい先だっての左馬之助に続き、佐一郎の死を目の当たりにして衝撃を隠せないようだ。親戚がいるため、弔(とむら)いは出せるそうだが、これで原田家は断絶だと悲しげに言った。寅之助は胸が張り裂けそうになった。民部も横で目を真っ赤にしている。運び去られる亡骸に向かって、

「必ず、ご無念をお晴らし申し上げる」

と、手を合わせた。

「わたしも、断じて許しません」

民部が言う。

二人は喜多方藩邸に目を向けた。二人を拒絶するかのように門が閉じられていた。

「寺坂さま、評定所へ駆け込みましょう。この弾劾状があれば、少なくとも無視はされません」

民部の意気込みを冷静に考えてみる。評定所で取り上げられたとしても、決定的な証がない以上、村瀬たちの罪を問うことはできない。そして、一旦、無実だと判断されてしまっては、二度と審議はされない。そうなったら元も子もないのである。ここは、怒りに任せた軽挙妄動は慎むべきだ。

原田佐一郎の死を以ての訴えを無駄にしてはならない。何としても報いなければならないのだ。

こうなると、心配になってくるのは、美知と兵馬である。

村瀬たちの魔手が迫っているのではないか。怪しげな連中と村瀬たちは繋がっているのではないか。

「こうしてはおれん」

寅之助は走り出した。民部も慌てて追いかけて来る。

三

「美知殿、兵馬殿」

寅之助は叫びながら屋敷の中に駆け込んだ。民部も続く。美知が庭に出た。寅之助の様子に美知の方も驚いた様子で出迎えた。

「どうされたのですか」

美知の方が戸惑っている。

「何か変わったことはございませんか」

寅之助は、原田佐一郎が喜多方藩邸の門前で切腹したことを語った。

「…………」

美知の顔が一瞬にして驚きと恐怖に彩られた。

「それで、こちらに何か異変でもあったのではないかと駆けつけた次第です」

寅之助の言葉に民部もうなずく。

「それが……」

美知は口ごもった。そこに何等かの異変を感じた。美知が言うには、このところ見かけた怪しげな行商人、棒手振がぱったり姿を見せなくなったのだとか。

「ですから、一安心していたところなんです」

その言葉とは裏腹に、美知は不安を抱いているようだった。

「何か心配ごとがおありなのでしょう」

寅之助が問うと、

「いえ、特には」

美知は何故かよそよそしかった。それが気にかかる。だが、美知が何でもないと言う以上、これ以上無理強い(じ)はできない。寅之助は兵馬に向かって、

「今日はあいにくと道場に行かねばならん。夕方なら相手ができますぞ」

兵馬は美知を見る。

「寺坂さまがおっしゃっておられるのです。行ってきなさい」

美知に言われ、

「はい」

兵馬は力強く返事をした。

寅之助は屋敷にいても、鬱憤(うっぷん)が溜まるばかりと神田雉子町の瀬尾道場へ行くことに

した。

番町の屋敷街を抜け、御堀へ向かう。千鳥ヶ淵に至ったところで、一人の武士が近づいて来る。松倉家の家臣か。村瀬ではなさそうだ。深編笠を被ったその侍は寅之助の前に立つと笠を上げた。

「龍太郎」

五十嵐龍太郎である。

「しばらくだな」

龍太郎は日に焼けた顔を覗かせた。

「先日、道場を訪ねてくれたそうだな」

「ああ、久しぶりに手合わせをしようと思ったのだが……」

龍太郎はここで言葉を止めた。少し間をおいて、

「何やら、厄介事に巻き込まれておるそうではないか」

「耳にしておるのか」

「まあ、ちょっとな。いかにもお主らしい、お節介焼きなことであるな」

龍太郎は苦笑を漏らした。

「心配してくれているのか」

「御前試合にしっかり出場してもらわねば困る。おれは内府さまの御前でお主を打ちのめすつもりなのだからな。それに、期待も背負っておる」

「大番の連中からか」

「そうだ。大番を御役御免になったお主が優勝しては立場がないからな」

「相変わらず、体面ばかりだな。おれもな、お主には絶対負けられない理由があるのだ」

寅之助は思わせぶりににんまりとした。

「どんなことだ」

龍太郎も気にかかったようだ。

「お主に負けたら、おれは来年一杯酒が飲めん」

「なんだと」

龍太郎は呆れ顔になったが、またいかにもお主らしいと高笑いをした。しかし表情を一変させ、

「これ以上は関わるな」

と、真剣な眼差しで忠告を加えてきた。

「お主に言われる筋合いではない」

「そうは言うが、ちょっときな臭(くさ)いものを感じるぞ」

龍太郎は言った。

「何だ」

龍太郎が通う直心影流(じきしんかげりゅう)宮尾征十郎(みやおせいじゅうろう)道場は様々な大名家の藩士や名門旗本の子弟が通っている。自然と様々な噂話を耳にしているようだ。

「松倉家に不穏な動きがあるというのだ」

龍太郎が言うには、松倉家中では現在の当主松倉安芸守盛重(もりしげ)の隠居が迫っている。嫡男盛義(ちゃくなんもりよし)は暗愚(あんぐ)との評判があり、できれば側室が産んだ子重貞(しげさだ)に継がせたい勢力があるというのだ。

「後継城主を巡る、正室派と側室派の争いということか、よくある話だな」

寅之助は言った。

「まあ、そういうことだ。こうした争い、どうして起きるのだと思う」

龍太郎が問うてきた。

「それは、それぞれの御家の事情であろう」

「それもあろうが、理由は簡単だ。正室は御家の事情で娶(めと)るが側室は自分が好いた女を選ぶ。好いた女が産んだ子が愛おしくなるのは当然だ」

「なるほどな」

納得顔で言い返すと、

「それはともかく、松倉家中、不穏な動きだ」

「しかし、城主の跡目を巡る争いと原田左馬之助殿との確執は関係ないではないか」

寅之助の問いかけには、

「そのことはわからん。しかし、家中が不穏であることは確かだ。よいか、これ以上は関わるな、これはおれからの忠告だ」

龍太郎は釘を刺すかのようだ。

「そういうわけにはいかん」

原田佐一郎の切腹を持ち出すわけにはいかない。

「また、意地を張っておるのか。お主のその一本気な気性はいい。だがな、その気性が災いして大番を去ったことを忘れるな」

「忠告、確かに聞いた」

寅之助はそれだけ言い残すとすたすたと歩き出した。

一方民部は奉行所に出仕し、同心詰所にいた。すると同僚たちの声が聞こえてくる。

「志乃殿の縁談、何やら暗雲が垂れ込めているそうな」

「ああ、おれも耳にした」

同僚たちが言うには志乃の、与力森中助右衛門の息子との縁談に暗雲が立ち込めているというのだ。ついつい耳をそばだてた。志乃に他の男の噂があるという。志乃が男と出会い茶屋に入ったところを見た者があるというのだ。

そんな馬鹿な。

民部は衝撃を受けた。

「本当か」

「あれだけの美人だが、人は見かけによらんさ」

同僚たちが訳知り顔で言っているのを聞き流して表に出た。志乃が男と逢瀬(おうせ)を持っていたことが事実かどうかはわからない。しかし、それが因(もと)で与力の息子との縁談が破談になるかもしれないという。喜んでいいのか悲しむべきなのか。

複雑な思いに駆られながら奉行所を出ると、繁蔵が待っていた。

「どうしました、浮かない顔で」

「いや」

顔に出てしまったことを悔い、気を引き締めたところで、

「原田さまが切腹なさった」

と、原田切腹のことを言った。

「そらむげえや」

繁蔵の顔が歪む。

「寺坂さまは喜多方藩邸に乗り込んで、絶対に許さないと啖呵を切られた」

「寺坂さまらしいですね。あっしは、夜鷹連中に合わせる顔がありませんや」

繁蔵は嘆いた。

「袋小路から抜け出したいな」

「その通りですが、具体的な手立てがありませんや」

繁蔵は困ったように顔をしかめた。

「どうするか」

民部は声を上げてしまう。それくらい事態の打開が見えないことに加えて志乃のことで気持ちが乱されてしまった。与力の家に嫁ぐということで一旦は諦めがついたのだが、ここで再び、妙な恋心が蘇ってきてしまった。何を馬鹿なことを考えているのだと己を叱咤する。

「とりあえず、三吉殺しをもういちど調べ直しますか」

「それもいいのだがな」

民部は言葉を止めた。そしておもむろに、

「村瀬さまの身辺を探ってやろうと思う」

「村瀬さま」

繁蔵は繰り返した。

「そうだ」

「本丸ですか」

「そういうことだ。きっと、村瀬さまは美知さまと兵馬さまに危害を加えるに違いない」

「ということは、美知さまの御屋敷の周りに張り込めばいいのでは」

繁蔵の提案に、

「わたしがそれをしよう。おまえは、喜多方藩邸で行われている賭場にもう一度、入り込んでくれぬか」

「合点、承知之助(しょうちのすけ)でさあ」

「危ないがな」

「任せてくださいよ。あっしだって、このまま引っ込んでいる気持ちはありませんや。ひと泡吹かせてやらねえことには十手が泣きますぜ」

繁蔵は言った。

四

寅之助は龍太郎から松倉家の御家騒動ということを聞き、その御家騒動と原田との確執について何となく考えていた。考えてもわからないのだが、瀬尾道場の稽古も身が入らず、ぼんやりとしているうちに稽古を終えて、帰り道についた。

左馬之助と村瀬の確執が起きた縄暖簾に通りかかった。

つい、ふらふらと暖簾を潜り店の中に入って行った。店に入ると、主人の木助が寅之助を覚えていた。まだ、客は少ない。木助はにこやかに近寄って来た。

「この前は、大変に失礼しました」

木助は酒を勧めようとしたが、寅之助が実は禁酒をしていることを知るとそうですかと料理と茶を持って来た。

「ところで、ここで騒いでいた侍なのだがな、以前にも来たことがあるのか」

何となく気にかかっていたことを尋ねた。

「いいえ、どちらのお侍さまも初めてでしたね。一緒に連れだって来られたので、てっきりお仲間かと思ったのですが」

「一緒に……」

意外なことだった。ということは、村瀬と左馬之助は以前から顔見知りだったのか。それが、この酒場でくだらないことからいさかいとなった。

「若い方の侍が酔って、酒を黒紋付にかけてしまったのだったな」

「そうなのですが、お若いお侍さまは、酔ってはいらっしゃらなかったですけどね」

木助はそのことが不思議だと首を傾げた。

「酔っていなかったのか」

すると、単に手元が狂ったのか。それとも、左馬之助はわざと村瀬に酒をかけたのか。何故そんなことをしたのだ。左馬之助は村瀬に遺恨を抱いていたのか。それにしては、酒をかけるなどいかにもせこいというか、あまりにも子供じみた行いである。しかし、左馬之助も村瀬もこの店で偶々、居合わせたようだ。

「あの時、この店はそれほど混み合ってはいなかったな」

周りを取り巻いていた客たちのことを思い出した。たしかにそれほどの人数はいなかった。この小机で、左馬之助と村瀬は向かい合っていた。見知らぬ者同士、離ればなれに座って酒を飲むというのが普通ではないか。主人が言ったように、二人は連れ立って入って来て、同じ小机で向かい合った。そして、いさかいが起きたのである。しかも、酔っていない左馬之助が手元を狂わせて酒を村瀬の黒紋付にかけてしまった。

この店に来るまでの間に何かあったのか。

「この店に入ってから、二人の様子はどんなだった」

「はあ……」

「親しく、言葉をかわしたりはしていなかったのか」

「そうですな」

木助は思い出すように天井を見上げた。それから、

「いいえ、お二人は言葉などかわしておられませんでした。視線すら合わせようとはなさっておられなかったような」

奇妙なことである。

それが、酔ってもいない左馬之助がまるで喧嘩をふっかけるかのように酒を浴びせた。左馬之助と村瀬との間に一体、何があったのだろう。

「あの、あれから何かあったのでしょうか」

木助がおずおずと聞いてきた。

「いや、別にな」

木助にあれからの左馬之助と村瀬の争いを言ったところで驚かせ、怯えさせるだけであろう。

「あの時は、本当にお世話になりました。お侍さま同士の喧嘩なんか、おろおろとするばかりでどうしようもございませんでしたからな」

木助は盛んに礼を述べた。

「まあ、それはよい」

寅之助は用意された泥鰌の柳川鍋を食べた。山椒がぴりりと利いてうまい。今聞いた木助の話が果たして何かの役に立つのだろうか。

八間行燈の灯りが目に沁み、それが真相への門口のような気がしてならなくなった。

第七章　幼き決意

一

繁蔵は再び喜多方藩邸の賭場へとやって来た。

盆茣蓙の前で辺りを見回す。すると、この前来た時にもいた遊び人風の男がいた。男は今日はついてねえと不貞腐れて部屋の隅で酒を飲み始めた。繁蔵も酒を頼み、男の近くへ行く。男が銚子が空だと替りを頼んだところで、

「まあ、一杯いきねえ」

と、酒を勧めた。男はおやっという顔をしたが、勧められるまま、

「すまねえな」

と、繁蔵の酌で一杯飲んだ。

「おら、繁蔵ってけちな野郎よ」

繁蔵が名乗ると、

「おれは銀次(ぎんじ)ってんだ」

銀次は酔いが回ったせいか舌がよく回るようになった。

「ここの賭場はどうだい」

繁蔵は今日で二回目であることを語り、どうもうまくいかないことを訴えた。

「そりゃ、ついてねえ日だってあるさ」

銀次は言った。

「あんた、この賭場にはよく通ってなさるのか」

繁蔵の問いかけに、

「まあ、一年くらいかな」

「そら、大したもんだ。なら、ここの賭場に出入りしてる客のことは、よく知ってるんだな」

「どうして、そんなことを聞くんだ」

銀次は訝(いぶか)しんだ。

「いや、ちょいとな」

繁蔵は賭場の客相手に銭を貸していると偽った。賭場で熱くなっている連中に貸すと説明を加える。

「そうか、あんた、金貸しか」

銀次はにんまりとした。

「いくらか、回そうか」

繁蔵はにやっとする。

「いや、おれはこう見えても、金を借りてまで博打は打たないのさ。残念だったな」

「そうかい。ずいぶんと堅い博打打ちだな」

繁蔵は肩を揺すって笑った。

「堅かねえがな」

銀次はにんまり笑って部屋の中を見回した。盆茣蓙の周りには商人風の男や坊主もいる。

「坊主もいるとはな」

繁蔵が呆れ顔で言うと、

「坊主どころか、侍だって来てるんだぜ」

「松倉さまのお侍か」

繁蔵は銀次の耳元で囁いた。

「いいや、松倉さまのお侍が賭場に来るのは寺銭を受け取る時だけだ」

言ったところで侍が入って来た。村瀬十四郎と思われる。繁蔵は村瀬には見られないよう背中を向けた。

「あのお侍さ。寺銭を取りに来るんだ。松倉さまのような大きな御家のお侍さまがさ、賭場から銭を持って行くんだからな、まったく、侍なんてのは偉そうな顔しやがって、おれたちが汗水たらして働いた銭を落としてやってるのを涼しい顔で持って行きやがるんだからな」

銀次はぼやき始めた。

「まったくだな」

繁蔵も合わせる。村瀬は賭場を預かるやくざ者から酒を振る舞われ上機嫌である。

「あんな侍もいれば、最近ぷっつりと姿を見せなくなったが、あるお侍なんか、博打でえらく借金を作ったんだぜ」

「なんて、お侍だ。いや、そのなんだ、そのお侍に金貸してやろうかと思ってな。お侍なら、逃げないだろうからな、いい客になるんだよ」

繁蔵はもっともらしいことを言った。

「そうかい、ええっとな、そうだ、御直参でな、原田さまって呼ばれてたぜ」

原田さま……、原田左馬之助に間違いなかろう。左馬之助はこの賭場に出入りしていたのだ。ということは、村瀬とは顔見知りであったのだろうか。繁蔵は胸が高鳴った。一つ、大きな手がかりを得たような気持ちとなった。

「その原田さま、どれくらい借金を作っていたんだ」

「さあな、おれだって、一々、見聞きしていたわけじゃねえが、帳場の連中から、もう五十両も溜まっていますぜ、なんて言われていたな」

五十両とは大金である。小普請組の次男坊がおいそれと払うことができる金額ではない。

「五十両とはちとでか過ぎるな」

繁蔵は苦笑を漏らした。

「お侍も、ああなっちゃあ仕舞(しまい)だ」

銀次は舌をぺろっと出した。

村瀬はまだ上機嫌で帳場のやくざ者と話をしている。三吉の借金を取り立てに来た伊佐治だった。

不意に繁蔵は聞き耳を立てた。

「そういえば、今朝、御門前で御直参のお侍さまが切腹なさったそうですね」

「ああ、迷惑な話だ」

村瀬は不機嫌に返す。

「辻番所で聞いたんですが、原田さまっておっしゃるそうで」

「それがどうした」

「いえね、原田さまっていやあ、ここんとこお顔をお見せにならねえじゃございませんか。それで、原田さま、切腹なさったんじゃねえんですか。なにせ、五十両を超える借金ですからね。小普請組の部屋住ってことでしたし」

伊佐治は原田と聞いて左馬之助が切腹したと思っているようだ。

「そのようだったな」

村瀬は嫌な顔をした。

「あの原田さまだとしたら、五十両は取れませんね。そうだ、村瀬さま、原田さまの借金を取り立ててくださるっておっしゃってましたね」

「そんなこと言ったかな」

村瀬は惚(とぼ)ける風である。

「おっしゃいましたよ」

伊佐治は顔をしかめた。

「まあ、死んだものはしょうがないさ」

村瀬は死んだのが原田左馬之助の兄とは言わなかった。

「それもそうですね」

伊佐治はぴしゃりと額を叩いた。

「ならば、これでな」

村瀬が引き上げようとしたところで、

「ああ、そうだ。村瀬さま、お世継ぎさまは決まったんですか」

「おまえたちには関わりないことだ」

村瀬はにべもなく返した。

「そんなことおっしゃらねえでくだせえよ。こちとら、殿さまが代わったら賭場を開帳できるかどうか、心配なんですからね」

「それには心配に及ばぬ。殿がどなたになろうが、賭場のことまで気にはなさらん」

「そりゃそうでしょうがね、殿さまが代わったら、その何ですよ、ご家来衆のみなさまだって、異動があったりするじゃございませんか。引き続き村瀬さまが担当くださるんでしたらいいんですけどね」

伊佐治は媚びるようにへへと笑った。

「それも心配いらん」

村瀬はこの時ばかりはやけに自信満々だった。何か確信めいたものがあるようである。

「ならば、しっかり稼げ」

村瀬は言い置くと立ち上がった。伊佐治はへへと追従笑いを送った。

繁蔵は銀次にこれで失礼すると言い、帳場で駒を金に替えた。

「おや、あんた、十手持ちの……」

伊佐治が嫌な顔をしながらも、近付いてきた。

「また、遊ばしてもらうぜ」

繁蔵は笑顔を返す。

「今のお侍は、松倉さまのご家来かい」

繁蔵は一朱金を駄賃だと言って渡した。伊佐治はにんまりとして、

「村瀬さまとおっしゃるんです。あの方が睨みを利かしてくださるから、こっちは安心してやらせてもらってますよ」

やはり侍は村瀬に間違いなかった。ここは町方に踏み込まれる心配がないことから

客が安定して通ってくれるから稼ぎの心配をしなくていいと強調した。

「さっき、小耳に挟んだんだが、ここの門前で切腹騒ぎがあっただろう。そのお侍がこの賭場に通っていたんだってな。どういうお方だったんだい」

「それが、お侍とは思えないくらいにぐずぐずとしたお方でしたよ。だらしがねえというか。負けが込んでいるのに諦めが悪いというか。こっちでも出入り止めにしようと思ったんですよ。ところが、村瀬さまが、構わぬとおっしゃいましてね」

伊佐治が言うには村瀬が借金は取り立ててやるから遊ばせろと言ったという。

「武士は相身互いっておっしゃいましてね。それが、裏目に出ちまって、こちとら五十両を取り損なってしまいましたよ」

「ま、あんまり欲をかいちゃいけねえな。おれも、身の丈にあった遊びをさせてもらうぜ」

繁蔵は愛想を振り撒(ま)いて腰を上げた。

「また、頼みますぜ」

伊佐治に言われながら繁蔵は表に出た。

「こら、面白くなってきたぞ」

繁蔵は言った。

二

夕暮れとなり、これから美知の屋敷へ行こうと、民部が八丁堀の組屋敷街を歩いていると、前を志乃が歩いている。思わず駆け寄ってしまった。

「志乃殿」

民部を見て志乃は頭を下げたがその表情は曇っている。その様子を同僚たちのやり取りと結びつけてしまった。志乃はそのまま歩き去ろうとした。

「団子でも食べませんか」

思い切って言葉をかけてしまった。志乃は驚いたような顔をしたが、じきにこくりとうなずいた。

目についた茶店に入る。

「団子と茶をくれ」

自分ながら声が上ずっているのを意識してしまった。横目に志乃を窺うと志乃はそんな民部のことなど眼中にないかのように正面を見据えていた。程なくして運ばれて来た団子を勧める。志乃は串を持ったものの口に運ぼうとはしなかった。無理に誘っ

てしまったのかと悔いていると、

「縁談、破談になりました」

志乃は串を小皿に戻した。民部は食べていた団子の餡が咽喉に絡み、むせそうになったがそれを茶で無理やり流し込んだ。

「そ、それは」

やはり、噂は本当だったのかという思いで、頭の中が真っ白になってしまった。

「森中さまより、破談を申し渡されました」

「どうしてですか」

問いかけてから後悔した。噂だと男と出会い茶屋に入って行ったということだ。

「ひどい噂が立ちました」

志乃は民部を見た。その目は悲しみと怒りに染められていた。それからおもむろに自分が男と不忍池の畔にある出会い茶屋に入ったという噂を立てられたと話し始めた。志乃の表情を見る限り、それは噂が嘘だということを物語っている。民部はほっとすると同時に志乃のことが気の毒に思えてきた。

「それはひどい」

民部が言う。

志乃は唇を嚙んだ。ぷっくりとした唇が妖しく艶いていた。そんなところに目がいく自分を責める。

「一体、誰がそんなことを」

「大体、見当はついています」

志乃は俯いた。

「教えてください。抗議に行ってきます」

思わずそう言った。志乃ははっとなったように目をぱちぱちとしばたたいてから民部を見直した。

「いけませぬ」

志乃が暗い顔をした。民部が黙っていると志乃はおもむろに、

「与力の太田さまのご息女……」

南町の与力の娘が噂を広めたという。その娘は元々、志乃が嫁入りするはずだった与力の息子とは許嫁であったという。ところが、その与力の息子はその娘を気に入っていなかった。どうしても志乃を嫁に迎えたかった。太田の娘はそのことに激しく悋気を催したということらしい。

「所詮は身分違いでございました」

志乃はここでさっぱりとした表情となった。どこか吹っ切れたようである。

「すみません、こんな話をお聞かせしてしまって」

志乃は笑顔を浮かべた。それが、民部にはうれしかった。

「いえ……。それはお気の毒で」

「もういいのです。所詮は縁がなかったのです。それに、なんだか、嫌になりました」

「志乃殿は、八丁堀小町と評判のお方ですから、きっといい縁談がきますよ」

気休めかと思ったが、他に思いつく言葉がなかった。

「もう、いいのです」

志乃の口調は達観めいたものになっていた。

「いいとは」

気に障(さわ)ることを言ってしまったのかと慌てて志乃を見た。志乃は民部から視線をそらして、

「もう、縁談は結構でございます。八丁堀にもいたくありません」

志乃は悪い噂を立てられ、さぞや傷ついたに違いない。そう思うと、志乃のことが気の毒でならない。

「すみません、嫌な話をさせてしまいましたね」

「いいえ、かえって、良かったです。胸のわだかまりが少しは消えました。これまで、誰にも胸の内など話すことができませんでしたから」

志乃はにっこりと微笑んだ。

「わたしでよかったら、いつでもお話をお聞きします」

「ありがとうございます。青山さまは本当にお人柄がよろしくて、真面目な方ですね」

志乃に褒められ民部は胸が温かくなった。

「見かけほど真面目ではありません」

「そうかしら……。何処か遠くへ行きたい。見知らぬ土地で一人で生きていきたいです」

志乃は遠い目をした。

志乃の破談を少しでも喜んでしまった自分の醜（みにく）さを思う。

「今回の破談でこんなことを申しておるのではないのですよ。いえ、多少は関係しているかもしれません。以前から思っていたのです。八丁堀で嫁入りして、生涯を送るのなんて嫌だって。どっか、遠い土地、そう、長崎で暮らせたらって。女だてらにと軽蔑されるかもしれませんが、わたくし、学問をしたいのです。蘭学を学びたいのです」

驚きの告白だった。志乃が蘭学者になりたいと思っていたとは。どう返していいかわからない。口をあんぐりとさせている民部に、

「夢です。実際にそんなことできるはずございません。ですから、聞かなかったことにしてくださいね。わたくしと青山さまだけの秘密ですよ」

「は、はい」

わたくしと青山さまだけの秘密……。

なんとも甘美な気持ちに包まれた。

「裏切らないでくださいね」

志乃は指切りですと右の小指を立てた。吸い込まれるように民部は小指を絡ませる。白魚のような指の温もりに胸がときめいた。

「指切りげんまん、嘘ついたら針千本飲ます」

二人は指切りをした。

「失礼します」

立ち去る志乃の背中が見えなくなるまで民部は見送った。

全身の血が猛り、走り出したい衝動に襲われた。

志乃と別れてから美知の屋敷へと向かった。冬の日は短い。屋敷に着く頃には日はとっぷりと暮れていた。寒風に包まれながら屋敷の周りを回る。しんとした静けさの中に屋敷の陰影が滲み、物音すらしない。

と、何人かの人影が屋敷から出て来た。民部は危機感を抱き、人影に向かった。数人の侍たちである。

「もし」

民部が声をかけると、侍たち数人が民部に斬りかかってきた。民部は思わず大刀を抜いて攻撃を受け止めたが相手の勢いは凄まじく、意に反して弾き飛ばされてしまった。往来に転がったところで、

「急げ」

声がして、侍たちは闇の中に逃げ去って行った。民部は立ち上がると屋敷に向かった。心の臓が早鐘を打っている。木戸門を入り、

「御免くだされ」

と大声を発した。

返事はない。嫌な予感に胸が騒ぐ。

「美知さま、兵馬さま」

大きな声を張り上げた。

それでも、声が聞こえない。母屋は雨戸が外されていた。民部はそこから顔を覗かせた。闇に慣れてきた目で居間に視線を凝らす。畳に血が飛び散っている。

「美知さま」

民部は縁側に上がり居間に入った。美知が倒れている。

「美知さま、しっかりなされよ」

抱き起こすと幸い美知は息を吹き返した。肩を斬られていたが、深手ではないようだ。意識はしっかりしており、自分は大丈夫だから兵馬を探して欲しいと訴えた。

兵馬は……。

民部は念のため、手拭を美知の肩に当てて止血してから、兵馬は何処だと屋敷の中を探した。

「兵馬さま、何処におられますか」

民部は叫びながら母屋の中を検めたが、兵馬の姿はなかった。母屋を出て庭を探す。兵馬の姿はない。ひょっとして蔵の中か。

民部は土蔵の前に立った。

土蔵の南京錠が開かれてあった。引き戸が半開きとなっている。民部は兵馬の無事を願って中へと入る。

「兵馬さま」

暗がりに向かって声をかける。しかし沈黙があるばかりだ。目を凝らすと、蔵の中がずいぶんと荒らされていることがわかった。しかし、兵馬はいない。美知を襲ったのは先ほど遭遇した侍たちであろう。ひょっとして、あの連中に兵馬はさらわれてしまったのか。いや、あの中に兵馬はいなかった。そのことははっきりと言える。

どうする。

ともかく、このことを寅之助に報せなければ。

民部は夜道を急いだ。

志乃と茶店で話をしていなかったなら、あの連中たちの襲撃に間に合ったのかもしれないという思いが胸を突く。よしんば、間に合ったとしても美知を刃から守ることができたとは断言できないのだが。

それにしても、あの連中……。喜多方藩なのであろうか。

見ると、民部は声をかけられた。寅之助が兵馬と連れだって歩いて来る。兵馬の無事な姿を
「おい、民部」
た。
「ああ……、ご無事でしたか……。ああ、よかった」
ほっとした気持ちになると同時に母美知の遭難を伝えねばならない辛さを感じもし
「どうした」
て、
固まったように動かない民部を訝しんで寅之助が言った。民部は兵馬に向き直っ
「お母上が襲われました」
断腸の思いで告げる。
「なんだと」
寅之助は大きな声を出すと民部に摑みかからんばかりの勢いとなった。それに対
し、兵馬は焦点の定まらない目で口を閉ざしている。あまりの衝撃に口が利けないの
だろう。

「行くぞ」

寅之助は兵馬を伴い走り出した。

民部も息を切らしながら追いかけた。

寅之助は屋敷の中に入った。美知に駆け寄る。兵馬は美知にすがって泣きはじめた。

「うろたえるでない。浅手ですよ」

美知の気丈な言葉で兵馬は泣きやんだ。

「村瀬たちの仕業か」

寅之助は怒りと自分の油断を思い、声が震えてしまった。民部が、この屋敷から走り去る侍の集団に遭遇したことを語った。

「おのれ」

寅之助は唇を嚙んだ。

三

明くる十四日の朝、寅之助と民部は繁蔵の報告を受けた。屋敷の居間である。繁蔵の喜多方藩邸での報告を聞き終えた寅之助は、

「そういうことか」

縄暖簾での左馬之助と村瀬の不審な行動を話した。

「やはり、左馬之助と村瀬は知り合いだった。村瀬は左馬之助のところに賭場の借金五十両を取り立てに行ったのだろう」

「ということは、そこで争いが生じたということでしょうか。つまり、縄暖簾でのいさかいは、賭場の借金が因(もと)であったということでしょうか」

民部が聞いた。すると繁蔵が、

「賭場の借金で争いになり、左馬之助さまは村瀬さまの黒紋付に酒をかけたってことですか」

「そういうことなのかもしれん」

民部が言った。

「ずいぶんと大人げない態度ですね」

繁蔵はくすりと笑った。

「それが、あんなにも大きな争いにまで発展したとは」

民部は首を振った。

「いや、そうではないだろう」

寅之助はここで松倉家の御家騒動について思い出した。

「何か心当たりがあるのですか」

民部の問いかけに、

「今、松倉家で城主の跡目を巡っての御家騒動が起きているのだとか」

すると繁蔵が手を打った。

「そういやあ、賭場でやくざ者が言っていましたぜ、殿さまの跡目がどうのこうのって」

繁蔵は賭場でのやり取りを語った。

「それだ」

寅之助はぴんときた。そこへ、千代が、

「寅之助殿」

と、呼ばわる声がした。寅之助は立ち上がり縁側に出た。千代が、

「美知殿が目を覚まされました」

美知は寅之助を呼んでいるという。千代はまだ寝ているように求めたが、美知はどうしても寅之助に聞いてもらいたいことがあるという。

寅之助は美知を駕籠に乗せて自宅へと連れてきていた。ただちに医者に診せ、治療を受けさせもした。

医者が言うには、傷は浅手だったが、気持ちの動揺が大きいようなので、しばらくは安静にしていたほうがいいとのことだった。

寅之助は民部と繁蔵を待たせておいてから奥の寝間へと向かった。寅之助が顔を見せると美知は身体を起こそうとしたが、

「そのままで」

寅之助に言われ、美知はすみませんと身を横たえた。周りには火鉢が置かれ、程よく温まっていた。

「寺坂さま、実は今まで隠していたことがございます」

寅之助は静かにうなずいた。

「兵馬はわたしの息子ではございません」

「……松倉安芸守さまの御落胤、重貞さまではございませんか」

「おわかりになっていましたか」

「むろん、初めからではありません。今回の一件に首を突っ込むようになりましてからですな」

「兵馬、いえ、兵馬さまのお母上はお紀代の方さまとおっしゃり、殿さまの寵愛を受けておられました」

ところが、今から七年前、お紀代の方は病で死んだ。江戸の藩邸では毒殺であると噂された。お紀代は美知に兵馬を託した。

「お紀代の方はわたしの妹でした」

お紀代は行儀見習いのため大奥に上がり、奉公していたという。江戸城西ノ丸にある紅葉山で将軍徳川家斉が紅葉狩りを催した。御三家、御三卿や国持大名が招かれての大規模な催しであった。その際、家斉の側室の一人に従って出席していたお紀代を松倉安芸守盛重は見初め、側室となってくれるよう懇願した。その際、

「わが父は直参旗本、書院番組頭を務めた大貫掃部と申します。その大貫家からたとえ、外様の名門とはいえ、大名の側室となるということで、父は安芸守さまに誓紙を入れさせたのでございます」

お紀代の方が男子を産んだなら、世継ぎとするというものだった。ところが、お紀代の方を快く思っていなかったのは正室由姫である。由姫は子供ができず兵馬が世継ぎとなることを承知したが、やがて、身籠り、あろうことか男子を出産した。当然、我が子が可愛い。家中ではお紀代の方派と由姫派に分裂してしまった。

その最中にお紀代の方は病死した。このままでは兵馬の命が危ぶまれ、美知が幼子であった兵馬を引き取り、自分の子として育てることにした。しかし、兵馬の身の安全を確保するために盛重が書いた誓紙は所持し続けることにしたのである。

「それが、今年の夏、主人が亡くなりました。主人は死に際してわたしに託したことがございます」

美知の夫は松倉盛重からの書状を受け取ったという。そこには、盛重は病んでおり、事実上隠居同然の暮らしである。ついては、世継ぎを兵馬にしたいというのだ。

「亡き父との約束を果たそうというのと、殿さまご自身、お紀代の方のことが忘れられず、今になってやはり兵馬を世継ぎとして迎えたいというものでした」

美知は顔を曇らせた。

「いかにも、殿さまらしい身勝手さですな」

寅之助は不快感で一杯になった。

松倉盛重にすれば、やはりお紀代の方が愛しいし、その息子が可愛い。それなら、それで、御家をまとめればいいものだが、今は混乱を招いている。

「わたしは、兵馬自身に選ばせようと思いました」

「それでは、御家はどうなるのです。もし、兵馬殿が次期主君を選ばれたら、御家はまとまるのですか」

「それはその時です。元々、兵馬は妹の子、わたしの子ではないのですから」

美知は言った。

「すると、今回の原田左馬之助殿と村瀬たちの争いは、そのことと関係があるのですか」

寅之助の胸には黒い雲が立ち上った。

「わたくしも、これは偶然かと思いました。松倉家との因縁を思ったものです。それゆえ、わたくしは原田さまを意地でも渡したくはなかったのです」

なるほど、そういう背景があったのか。美知が毅然（きぜん）として応対したのもよくわかる。

「どうやら、左馬之助殿と村瀬殿との遺恨は芝居であったようなのです」

寅之助はこれまでの経過を語った。

「なんと」

美知の目が激しく揺れる。それからおもむろに、

「そういうことだったのですか」

何かを悟ったようである。

「原田さま、わざとわが屋敷に逃げ込んでいらしたのではないでしょうか」

美知は言った。

「というと」

寅之助もわかるような気がした。

「誓紙です、誓紙を探っておられたのですよ」

村瀬たちの襲撃に備えた晩の出来事が思い出される。あの時、左馬之助は裏門を守っていた。その時、美知と兵馬が寝静まるのを待ち、屋敷内を探したのではないか。しかし、左馬之助は誓紙を見つけることはできなかった。そこで、誓紙の在り処(あか)を土蔵だと思ったのだろう。

「昨晩、土蔵の南京錠が開けられていたことからすると、左馬之助は鍵の蠟型(ろうがた)でも取っておったのでしょう」

左馬之助は賭場の借金返済を村瀬に迫られ、こうした芝居を打ったということなの

だろう。そして左馬之助は……。

「原田さまは、口封じされたということでございますね」

美知は言った。

「そういうことでしょう」

まさしく、とんだ鍵屋の辻の決闘である。

「それで、誓紙は奪われたのですか」

寅之助の問いかけに、

「いいえ」

美知は静かに首を横に振った。それはよかったとは言えない。争いは今後も続くことを意味している。必ずや、村瀬たちは誓紙を奪いに来るだろう。

「兵馬殿のお命も危ないのではござらんか」

「今までは誓紙さえ奪えばいいものと思っておったのでしょうが、誓紙が見つからないとなると、兵馬の命を狙ってくるかもしれません」

美知の表情が強張(こわば)ってゆく。

「そうはさせませんぞ」

「いいえ、これ以上の御迷惑はおかけできません。これはあくまで、わたくしと兵馬、松倉家の争いでございます」

「そんなことは仰らないでください。乗りかかった船というのは安易な物言いですが、わたしとしましても引けません。原田佐一郎殿の死が無駄死にとなってしまいます」

美知も佐一郎の切腹を思い出したのであろう。目を伏せた。

「こうなったら、村瀬たちと対決だ」

と言いながら兵馬のことを思った。兵馬は果たして松倉家の世継ぎとなることが幸せなのだろうか。もちろん、二十万石の城主となれば、今とは比ぶべくもない暮らしができるのだ。だが、御家騒動の火種がくすぶり続ける藩の当主に収まって、年端もいかない子供が幸せなのかどうか。

しかし、降りかかった火の粉は払わねばならない。

いっそのこと、村瀬と対決をし、相手を殲滅した後に、兵馬の気持ちに委ねるしかないのだろうか。

「その誓紙は何処にあるのですか」

「上野の法宗寺という浄土宗の寺の住職さまに預けてございます」

法宗寺は大貫家の菩提寺なのだという。そこに預けておけば間違いないということだ。

「まさか、殿さまが病に倒れられるとは思ってもみなかったのです。兵馬が元服をした暁(あかつき)には全てを話し、兵馬に与えようと思いました。その誓紙、どのように使うかは兵馬に任せようと思ったのです」

美知は言っている内に、血の気が失せていった。これ以上、話を続けることは酷(こく)というものだ。

「ゆっくり休まれよ」

寅之助は言うと静かに腰を上げた。

四

寅之助は居間に戻ると、民部と繁蔵に、兵馬が喜多方城主松倉安芸守盛重の御落胤であり、その証拠となる証文を奪うために、村瀬と左馬之助が遺恨めいた争いの芝居を打ったことを語った。

「こいつは驚いた、そんな秘密が隠されていたなんて」

繁蔵は驚きの声を上げた。民部は口を閉ざしている。

「おれは、村瀬たちを許すことはできぬ。左馬之助は確かにだらしのない男だった。賭場で借金を作り、それがために村瀬たちに利用され、挙句(あげく)には命を奪われた。そして、そのせいで佐一郎殿までもが、命を落とされた。それぱかりではない。己が不行跡のためとはいえ、三吉も夜鷹のお節も犠牲になったのだ」

寅之助が言うと民部と繁蔵も言葉を発せられないでいる。

「で、どうしますか」

民部は言った。

「喜多方藩邸に乗り込みますか」

繁蔵が言った。民部が渋面を作ったのは、あまりに無謀な提案だからである。

「さすがに、おれもそれは無謀だと思う。よって、村瀬たちを誘い出すのがいいと思う」

「どういうことですか」

民部が聞くと、

「繁蔵、おまえ、賭場に行ってな、村瀬にうまくもちかけておびき出せ」

「お安い御用で」

繁蔵は言った。

「誘い出すところは、そうだな、左馬之助と争っていた火除け地がよかろう。おれが兵馬殿と誓紙を持って、大貫屋敷を訪れることにしろ」

「相手は相当な人数を繰り出してくるかもしれません」

民部の心配を、

「その時はその時だ」

寅之助ははははと笑い飛ばした。民部は心配そうな顔をしたが、

「わたしとて、心を決めております」

と、決意を示した。

そこへ、兵馬がやって来た。幼さの残る顔が曇っている。兵馬なりに思いつめているのだろう。

「いかがされた、兵馬殿」

寅之助が問いかけると、

「剣術の稽古がしとうございます」

兵馬は言った。

「いや、お母上もまだ床におられることですし」

寅之助が言うと、

「母上を守らなければなりません」

兵馬は言った。

「よくぞ、申された」

寅之助とてもそう言われれば、断ることなどできはしない。立ち上がり、庭に下り立つ。

「さあ、きなされ」

木刀を構えた。兵馬も木刀を正眼に構える。その姿は幼い可愛さに満ちたものだったが、以前よりもたくましく感じられる。怪我を負った美知を思い、その身を守らねばならないという使命感に満ち溢れている。

「ええい」

動きはぎこちないが、力強さが加わっていた。寅之助はそれを跳ね返す。兵馬は打ち込みを繰り返した。受け止めながら兵馬の必死な顔を見ていると村瀬たちの悪巧みをなんとしても打ち砕いてやるという決意が燃え盛ってくる。

「まだまだでござるぞ」

寅之助の叱咤を兵馬はしっかりと受け止め、更に力強く木刀を振るった。それを受け止めながら兵馬の将来を思わずにはいられない。

と、ここで兵馬が勢い余って転んでしまった。

「ああ」

　繁蔵が思わず悲鳴を上げる。寅之助も駆け寄ろうとしたが、兵馬は寅之助の手は借りずに立ち上がった。額に血が滲んでいる。

「大丈夫です」

　兵馬は木刀を振るった。

「よし」

　寅之助は稽古を再開した。以前のひ弱なめそめそとしたところがない兵馬に、限りない好感を抱くことができた。

「ええい」

　兵馬の打ち込みは見る見る力強さを増していった。

「いいぞ」

　民部が言うと、

「がんばりなせえ」

　繁蔵も声援を送った。

　冬晴れの朝が暖かに感じた。

第八章　雪中の決戦

一

昼下がりのこと、繁蔵は喜多方藩邸の賭場へとやって来た。帳場を預かっている伊佐治がにやりとして、

「また来たんですかい。すっかり気に入ったようで。お侍や坊主だって遊んでるんです。十手持ちが遊んじゃいけねえって法はねえですね」

「そういうこった」

繁蔵はにっこり応じると、一朱金を握らせた。

「すみませんね、まあ、ゆっくりしてってくだせえ」

愛想よく言われて酒を頼むと盆茣蓙（ぼんござ）の隅に座り、村瀬がやって来るのを待った。賭

場は次第に熱を帯び、鉄火場と化してゆくうちに村瀬がやって来た。帳場で伊佐治とやり取りを始めた。村瀬は酒を飲み上機嫌となっていった。

繁蔵は村瀬に近づいた。

「どうも」

繁蔵は媚びるように銚子を差し出した。

「なんだ、おまえは」

村瀬はうろんな者でも見るかのような視線を向けてきたが、猪口で繁蔵の酌を受けた。

「実はちょいと、小耳に挟んだんですがね」

「なんだ」

村瀬の目は警戒の色を強くする。

「ここに以前、出入りなすっていた御直参で原田左馬之助さまに金を貸したんですよ。実を言いますと、あっしゃ、金貸しをやってるんでさあ」

「ほう」

村瀬の口が歪み、こっちへまいれと手招きされた。伊佐治を置いて、賭場の隅に行く。

「いい加減に返してもらわねえと、こっちも堪らねえんでね、それで、賭場に来れば会えるって思って顔を出したんですよ。ところが、さっぱり見かけなくなっちまって。お侍さま、原田さまのこと、ご存じございませんかね」

「わしが知るはずはない」

村瀬はにべもない。

「お侍さま、確か村瀬さまでございますよね」

「そうだが」

「じゃあ、ご存じのはずだ。あっしはね、原田さまに五両も貸しているんでさあ。で、いくらかでも入れて頂けねえようでしたら、出るとこへ出ますよって、心ならずも言いましてね、そうしましたら、原田さま近々の内に大金が手に入るから心配するなっておっしゃったんですよ」

繁蔵は苦い顔をした。

村瀬は黙り込んだ。

「あっしも、そんなうまい話を鵜呑みにはできねえって思いましたんでね、詳しくお聞きしねえことには信用できないって言ったんですよ」

繁蔵はここで言葉を止めた。村瀬の目が鋭くなっている。

「そうしましたらね、喜多方藩の村瀬さまの仕事を手伝うことになった。ついては、大金が手に入る。嘘ではないって」

繁蔵は村瀬の顔をまじまじと見つめた。

「そう申しておったか」

村瀬は繁蔵から視線を外した。

「ええ、間違いないって、そらもう、強い調子でおっしゃったんでさあ」

「どんな仕事だと申しておったのだ」

「よくはわかりませんが、何ですってね、こちらではお世継ぎさまを巡って、御家騒動が起きているんですってね」

と、声を低めた。

「貴様」

村瀬の目がいっそう鋭くなった。

「おおっと、いけませんよ。あっしを始末しようなんて」

「ふん、そのような根も葉もないことを」

村瀬は一転して白を切った。ここで繁蔵は羽織を捲(まく)り、腰の十手を示した。村瀬の目がぎろりとなる。

「これも預かってますんでね、こちとら聞き込みや探索はお手の物ですぜ。そうしましたら、驚いたことに原田さまはお亡くなりになってたじゃありませんか。それも、殺されなすった。その上、兄上さまは切腹なさったとか。こら、ただ事じゃねえや」

「おまえ……、そのようなことを邪推するのは勝手だが、たとえ、原田左馬之助が殺されようが、わしとは何の関わりもない。それに、わしの仕事を手伝うなどと申した覚えはない。わしの名前を勝手に使われてこちらは迷惑というものだ」

「お侍さまってのは、潔いもんだとばっかり思っておりましたが、そうじゃねえお方もいらっしゃるんですね」

「ほざけ。訴えるなら訴えろ。町方なんぞ怖くもない。第一、当方には何ら関わりのないことだ。憶測ではどうにもならんぞ。それにな、十手を持つ身で金貸しなんぞしおって、おまえこそ訴えられないようにせよ」

村瀬は笑い飛ばした。

「そうですかい、わかりましたよ。ああ、そうだ、もう一つ言わせてもらいましょうか」

繁蔵は思わせぶりな笑みを浮かべる。

村瀬の目が探るように凝らされる。

「原田さまが、村瀬さまと繋がっていたって話、さる御直参に土産話として買ってもらおうって思ってるんですよ」

「なんだと」

村瀬の目が光る。

「いえね、原田さまを庇って松倉さまのお侍方と争った御直参がいらっしゃるんですってね。いや、惚けねえでくださいよ。こら、ちょいとした評判になってるんですから。で、その御直参寺坂寅之助さまってお方ですよ。その寺坂さまに、面白い話がありますんでってて、明日の朝早くにお会いするんです。あっしゃ、この話を適当な値で買ってもらうつもりなんですがね」

繁蔵は饒舌になった。村瀬の顔が引きつってゆく。

「それで、寺坂殿の屋敷を訪ねるのか」

「それが、大貫さまってお旗本の御屋敷を指定されたんですよ」

「ほう、どうしてまた大貫殿の屋敷なのだ」

「その御屋敷に原田さまは逃げ込まれたんだとか。それが縁で、寺坂さまは大貫さまの若さまをご自身の御屋敷で面倒をみていなさるそうですよ。寺坂さま、外見は髭面で怖いお方ですが、御心根はお優しいそうで、なんでも若さまを明朝早く、御屋敷にお送りされるそうなんですよ。で、その若さまは自分の身が保証される喜多方のお殿さまがお書きになった誓紙をお持ちだとか」

すると、再び村瀬の目が光った。

「ですからね、そこで、話が聞きたいって、ご指定になりましたんでね」

繁蔵はへへへと笑った。

村瀬はむっとしている。

「それでね、あっしも、立派な人間ってわけじゃねえ。ひたすらに銭がもうかればいいんですよ。だから、この話、村瀬さまが買ってくださるんでしたら、寺坂さまには持って行きませんぜ」

繁蔵は言った。

「ふん」

村瀬は相手にしていないように右手を振った。

「百両くだせえよ」

繁蔵は手を出した。

「馬鹿なことを申すな」

村瀬は怒鳴った。賭場の客たちの視線が集まる。繁蔵はここで立ち上がった。みな

の注目を集めておいて退散するのがいい。繁蔵は足早に帳場を通り過ぎた。伊佐治がいぶかしんで、

「おい、あんまり、面倒を起こさないでくれよ」

「ああ、もう、騒がねえさ」

繁蔵は言ってから賭場を後にした。裏門から外に出る。出るや、一目散に駆けだした。走りに走る。村瀬に口封じされては何もならない。


辻を曲がり、さらに一町程行ったところで寅之助と民部が茶店で待っていた。

「どうだった」

民部が尋ねる。

「うまくいきましたよ。いやあ、我ながらいい芝居したと思いますよ。できましたら、お見せしたかったですよ。寺坂さまにも青山の旦那にも」

言ってからふと、

「なんて、偉そうに言ってますがね、じつは冷や汗でぐっしょりになりましたよ」

繁蔵はそう前置きをしてから首尾よく餌を撒いたことを語った。

「明日の早朝、大貫さまの御屋敷に寺坂さまがいらっしゃることを話しましたんで、

きっと、村瀬たちもやって来ますよ」

「でかした」

寅之助は顔を輝かせた。

「よくやってくれた」

民部も礼を言う。

「まだまだ、明日、きっちりと決着をつけなければなりませんや」

「そうだな。あとはおれがきっちりと決着をつけてやる」

寅之助の胸は大いに高鳴った。民部の顔にもここは引けないという大きな決意が表れていた。

「まあ、一杯いけ」

と、言えないのが寂しいがそれはやむを得ない。

「ところで、兵馬さまもお連れしますか」

民部が聞いた。

「その必要はないな」

「そうですよね」

民部も兵馬を巻き込むことはないと思っているようだ。

二

その日の夕刻、寅之助は自宅の客間で療養している美知を見舞った。美知は大分血色がよくなっているものの、まだ歩けるには至っていない。寅之助を見るとしきりと詫び言を繰り返した。

「決めました。明日の早朝、村瀬たちと決着をつけます」

寅之助が言うと、美知は起きようとしたが、寅之助に制せられ、横臥（おうが）したまま目をしばたたいた。いかにも、寅之助の身を案じているようだ。

「因縁の神田佐久間町の火除け地へ、村瀬たちを誘い出しました」

「寺坂さま、命の奪い合いは避けられぬのでしょうか」

「話し合いの余地はないでしょう。あ奴らは、絶対に兵馬殿を生かしてはおきませぬ」

「兵馬が、松倉家の跡継ぎになる意志はないと明らかにしたらどうなのでしょう」

「兵馬殿はそのおつもりなのですか」

「いいえ……。兵馬本人には確かめておりません」

美知は弱々しげに首を横に振った。

「かりに、兵馬殿に松倉家の跡を継ぐ気持ちがないとしましても、村瀬たちはやはりお命を奪うつもりでしょうな。禍の芽を摘み取ることと、口封じです。どのみち、あ奴らとは戦わねばならないのです」

寅之助の断固とした決意を美知も受け入れたのか、小さくうなずいた。

と、襖が開いた。

「母上、寺坂さま」

兵馬が入って来た。美知は思わずといったように半身を起こし、苦痛に顔を歪ませた。兵馬が美知の側に行き、寝かしつける。

「寺坂さま、わたしもまいります」

兵馬は寅之助の前に正座をした。

「聞いておったのか」

そのことを責めるつもりはない。それよりも白刃が乱舞する闘争の場に、十二歳の少年を連れて行くことはできない。

「お連れください」

「ならん!」

寅之助は声を張り上げた。

「行きとうございます」

兵馬は食い下がってくる。

「稽古の場ではない。真剣同士の戦い。すなわち、命のやり取りとなる。わたしだって、無事に生きて帰ることができるか……」

弱気ではなく本音である。

兵馬がひるむと思いきや、却って勢いづいた。

「ならば、尚のことでございます。わたしは、原田さまをお匿いした大貫家の主です。原田さまを匿ったことで生じた争いの決着をつける場にいなくてなんの主でありましょう。それに、寺坂さまはわたしにとりましては師。師に全てを任せては、今後武士として生きていく上で恥辱を背負うことになります」

兵馬の顔は見違えるほどに逞しくなっている。

「それに……」

兵馬は寅之助と美知を交互に見やってから、

「わたしは、大貫家の当主兵馬です。喜多方城主松倉安芸守さまの子ではありません。わたしの母は……。わたしの母は……、ここにおられる母上お一人です」

兵馬の目から滂沱の涙が滴り落ちた。寅之助の背後から美知のすすり泣きが聞こえてきた。

「寺坂さま、足手まといかもしれませんが、明日の決闘、どうかわたしをお供に加えてください。大貫家の当主として、決闘の場に臨みとうございます」

兵馬は両手をついた。

寅之助は振り返り、美知を見やった。美知は涙目で首肯した。

「わかりました。一緒にまいろう。但し、刃を向けられて怖気づくようなことなきよう、くれぐれも念押し致しますぞ」

「そのような醜態をさらしたら、寺坂さまの鑓で一刺しにしてください」

兵馬は言った。

「その言葉、お忘れなきよう」

寅之助は哄笑を放ったが、総身が引き締まる思いだった。

「武士に二言はございません」

兵馬は胸を張った。

「ならば、明日の早朝、神田佐久間町の火除け地で決戦ですぞ。相手は奥州喜多方城主松倉家二十万石。相手に不足なし。何人の家来どもがやってこようが、神君家康公下賜の千鳥十文字の鑓で蹴散らしてくれますぞ」

　寅之助も負けじと胸を叩いた。


居間では千代と百合が茶を飲んでいた。そこへ、

「ならん！」

という寅之助の怒声が聞こえた。千代が顔を歪め、

「怪我人の寝間で何を騒いでおるのでしょうね、寅之助は」

「ちょっと、様子を窺ってまいります」

百合も気にかかり、千代の返事を待たずに居間を抜け廊下を奥に進んで突き当たりの寝間の前に立った。襖が閉じられている。襖を通しても、声をかけるのが憚られるような緊張感が伝わってきた。

百合は中には入らず非礼とは思ったが気になる余り、立ち聞きをした。

漏れ聞こえる話では、明朝、寅之助は喜多方城主松倉安芸守の家来たちと刃傷沙汰に及ぶらしい。

大変だ。

寅之助のことだ、言葉に嘘はないし、冗談でもないだろう。

百合は足音を忍ばせ居間に戻った。

「どうしたのですか」

千代の問いかけに、

「大したことではございませんでした」

事実とは正反対の答えをしてしまった。千代には言えない。かといってこのまま黙っているわけにもいかない。事は重大過ぎる。外様の有力大名松倉安芸守の家来と争うとは……。

しかも、ただの喧嘩ではない。

寅之助は家宝の鑓で存分に暴れ回る気だ。命のやり取りとなる。自分が止めたところで聞く耳を持つ寅之助ではない。

やはり、千代に話そうか。

寅之助は母には弱い。千代の言うことだったら聞くだろう。

いや、それはよくない。

千代を驚かせ、心配させることになるし、寅之助の面目も潰すことになろう。事情はわからないが、寅之助は兵馬と一緒に松倉家の家臣たちと戦う気でいるのだ。そして、そのことを美知と兵馬に誓った。そんな寅之助を千代が引き止めたなら、寅之助が聞き入れない場合は千代が傷つき、寅之助が聞き入れたなら、そんなことはないと思うが、美知と兵馬に合わせる顔はないだろう。まさしく、武士の面目を失するのだ。

千代に打ち明けるということは、千代と美知、兵馬母子の板挟みとなって苦悶することになるのだ。

どうすればいいかわからなくなって黙り込んでしまった百合を、

「気分でも悪いのですか」

千代は気遣ってくれた。

「いえ、ちょっと胸焼けが……」

咄嗟に取り繕おうと両手で胸を押さえた。

「いけませんね。お薬をお持ちしましょう」

千代が腰を浮かしたところで、

「大丈夫です」

慌てて引き止める。

「でも……」

「本当に大丈夫でございます。それより、内府さまの御前試合、日が迫ってまいりましたね」

千代の関心を御前試合に向けた。千代は御前試合のことが気になるらしく、話題に乗ってくれた。

「そうなのです。畏(おそ)れ多いことに、内府さまも寅之助に期待してくださっているのですよ。何としても期待に応えねば、寺坂家の名折れです」

「龍虎と並び称される五十嵐さまという強敵が控えているだけに、油断はできませんね」

「そうなのです。五十嵐さまは、寅之助とは真逆ですからね」

千代はおかしそうにくすりと笑った。

「義兄上は五十嵐さまに負けたら来年一杯禁酒なさるのですね」

「武士に二言はなしですよ」

「五十嵐さまも義兄上と手合わせすることを楽しみにされておられるご様子」

百合は民部から聞いた、龍太郎がわざわざ瀬尾道場に来訪し、御前試合楽しみにしておると伝言したことを言い添えた。

「そのようですね。女にはわかりませんが、殿方というのは、好敵手がいないとつまらないといいますか、寂しいようですね」

「寂しい……」

百合は一筋の光明を見た。

「義母上さま、わたくしは、これで失礼致します」

「そうですか。飯塚さまによしなにお伝えください。寒さ厳しき折、お身体をいとうてくださいと」

「確かに伝えます」

百合は腰を上げ、居間を出た。

――五十嵐龍太郎を訪ねよう――

百合の行動は迅速だった。

三

明くる十五日の払暁。

神田佐久間町の火除け地に寅之助、民部、繁蔵、それに兵馬の姿があった。繁蔵のみは縞柄の袷を尻はしょりにして股引を穿くという格好だが、寅之助と民部、兵馬は腰に大小を帯び、袷に裁着袴、額には鉢金を巻いていた。そしてもちろん、寅之助は千鳥十文字の鑓を手にしている。

その上、寅之助は懐中に原田佐一郎の遺書を忍ばせていた。松倉家村瀬十四郎を弾劾した血染めの文書である。佐一郎の無念、今こそ晴らす。村瀬たちの企みにより、命を落とした原田左馬之助、三吉、お節。左馬之助と三吉は自業自得の面はあるにしても、殺されていいものではない。お節に至っては何の罪もないのに口封じされたのだ。

みなの無念、遺恨を十文字鑓に託し、戦いに臨む。

――この鑓で悪党どもを成敗せよ――

神君家康公下賜の鑓で悪党どもを退治する、寺坂家の家訓を実行する時だ。

決戦の場となった火除け地は昨晩からしんしんと雪が降り、今は止んでいるものの足首近くまで積もっている。容赦のない風が吹きすさび身が切られるほどだ。

やがて、寅之助たちの眼前に黒い人影が現れた。黒の小袖、裁着袴に身を包んだ、村瀬率いる松倉家の家臣団だ。その数、三十人はおろうか。

村瀬が繁蔵に気づき、

「そうか、やはり、寺坂の犬か。思った通りだ。我らをおびき寄せようと思ったのであろう。あえて、乗ってやった。但し、万全の態勢でな」

三十人に及ぶ屈強な侍たちを振り返る。寅之助は鐺の石突で雪の大地を突き、

「数を頼むとは、いかにもおまえらしいな」

「今度も何処かの武家屋敷に逃げ込むか」

村瀬は哄笑を放った。

「おれたちは逃げも隠れもせん。おまえらこそ、逃げ込み先に武家屋敷を探すんだな。もっとも、四人相手に三十人の者どもを受け入れる屋敷などはないだろうが」

寅之助も負けじと大きな声で笑い飛ばした。

「強がりもそこまでだ。最後の機会を与えてやろう。誓紙を渡せ。さすれば、命までは奪わぬ」

「渡さぬ」

寅之助の声が響き渡る。

「あの世で悔いよ」

村瀬は兵馬に視線を向けた。その表情は余裕に満ち、兵馬を見る目には蔑みがあった。

「直参旗本大貫兵馬、卑怯（ひきょう）なる者どもを成敗致す」

兵馬が叫んだ。覚悟を決めた少年の言葉に村瀬は一瞬、口をつぐんだが、

「重貞さま、いや、大貫兵馬、お命頂戴致す」

言うや右手を上げた。

同時に寅之助も、

「おう！」

天をも震わせる雄叫(おたけ)びを上げると、千鳥十文字の鑓をぶるんぶるんと振り回しながら敵の只中に飛び込んで行った。眼前から暴れ馬が走り込んで来たように敵が算(さん)を乱して逃げ惑う。

「臆するな、囲め」

村瀬が侍たちを叱咤する。侍たちは己を奮い立たせ、寅之助を遠巻きに囲む。包囲された寅之助はいきなり、背後の敵に向かって鑓の石突を突き出した。不意を突かれた敵の一人が身構える暇とてなく、胸を打たれ、後方に吹き飛んだ。

間髪(かんはつ)容(い)れず、今度は柄で前方の三人の顔面を殴りつけた。骨が砕ける鈍(にぶ)い音、鼻血が飛び散り、三人は雪の中に倒れた。

あっという間に四人を倒され敵の動きが止まった。

すかさず民部が敵に向かって行く。兵馬は抜刀し、動きを見定めている。繁蔵は兵馬の傍(かたわ)らに立ち敵勢の襲来に備えていた。

「たあ！」

民部が寅之助の背後にいる敵に斬りかかる。民部の声に敵が振り返ると同時に、雪に足を滑らせて横転した。

それでも、二人が民部に向かって来た。民部は全身を燃え立たせ刃を振るう。これを機に、敵味方入り乱れての白兵戦となった。

戦いが激しさを増すと、それに合わせるかのように風が強くなり、雪が舞い始めた。

見る見る白雪が血に染まる。

雄叫びと悲鳴、怒声が火除け地を覆った。

「ええい」

兵馬は闘争の場に魅入られるようにして走り出した。

「いけませんや」

繁蔵が止めたが、兵馬の耳には届かない。繁蔵も十手を抜いて、戦いに加わっていった。

雪と風が激しさを増し、敵味方問わず襲いかかってくる。寅之助は全身から湯気を立ち上らせ、群がる敵を柄で打ちのめしてゆく。敵は気圧されながらも、多勢をいいことに寅之助を囲む。

するとと、村瀬が戦いの輪から離れ、兵馬の方へと走って行く。

――しまった――

踵を返し民部も後を追いかけるが、敵に加え雪が行く手を阻んで進むことができない。寅之助も村瀬の動きに気づいたが、敵と刃を交えているとあっては思うように動けない。

焦る寅之助と民部をよそに、村瀬は兵馬に斬りかかる。兵馬は大刀を正眼に構え、村瀬の刃を待ち構える。村瀬の白刃が打ち下ろされた。

雪の塊が飛んできた。雪は村瀬の横っ面を直撃した。村瀬の動きが止まる。繁蔵は次々と雪の塊を村瀬に投げつけた。村瀬は怒りの形相で繁蔵に迫ってくる。民部が敵を斬り倒し、やっと兵馬の前に駆けつけた。兵馬を背中に庇い、敵の襲撃に備える。

雪しまきの中、寅之助は仁王立ちとなって鐺を振るっている。周囲には十人以上の敵が倒れていた。だが、さすがの寅之助も雪に足を取られての奮戦とあって、次第に息があがってきた。

目ざとく気づいた村瀬が、

「寺坂は弱ってきたぞ、一気に押し寄せよ」

と、侍たちをけしかけた。前方から三人が風雪をついて斬り込んで来る。

寅之助は鑓を霞（かすみ）下段に構えた。

すなわち、柄を摑む右手は耳の高さ、左手は肩よりやや低い位置に構える。穂先が敵の足元に向けられることから、脚部を狙った攻撃に向く構えだ。

殺到して来た三人の真ん中の敵の足を払う。敵は跳ね上がって倒れ伏した。右手の敵がそれにけつまずきもんどりうって転がる。残る左手の敵の肩を突き刺し、素早く抜いた。鮮血が飛び散り、敵は雪の中でもがく。

敵勢も弱ってきた。

それでも村瀬は意気軒昂（いきけんこう）だ。いつの間にか、敵が増えている。どうやら、加勢が駆けつけて来たらしい。

ふと振り返ると民部と繁蔵が兵馬を守り、敵と切り結んでいた。寅之助は尚も鑓を振るうが、倒しても、倒しても現れる新手の敵に焦りを感じ始めた。

気が付けば、寅之助たちは敵の包囲網の真っただ中にいた。二重三重に敵が囲んでいる。一点突破を図るしかないが、しばし休憩して体力の回復を待ちたい。全身が汗まみれとなり、鑓が重くなり出したのだ。

寅之助ばかりではない。民部も繁蔵も兵馬も吹雪の中に立っているのがやっとという有様だ。これでは、群がる敵の中に呑みこまれ、全員が身体中を膾のように切り刻まれるだろう。

「おのれ!」

腹を括った。

寺坂寅之助、古の戦国武者の如く、乱陣に暴れ込み、見事な討ち死に、大輪の死に花を咲かせてみせようぞ。

寅之助は両腕を高々と掲げた霞上段に構えた。

寒雷が鳴った。

と、俄かに敵の輪が乱れた。

馬の蹄の音が冬の雷を切り裂くや、雪を蹴って馬が走って来た。馬上の武士は、

「龍太郎」

寅之助が驚きの声を上げた。五十嵐龍太郎である。

「卑怯なり、それでも武士か」

龍太郎は馬上から鐺を突き出し、あっと言う間に敵二人を串刺しにした。村瀬たちは突如出現した馬上の武者に気圧され、動きを止めた。

寅之助は百人力を得た思いである。

龍太郎は馬上から叫んだ。

「松倉家中の方々とお見受け致す。拙者、御公儀大番五十嵐龍太郎と申す。仔細は存ぜぬが、人数を頼んでの刃傷沙汰、武士にあるまじき所業だ。早々に引かれよ。引かぬとあらば、大番がお相手致す。拙者の合図で寺坂を加勢にまいると思われよ」

敵は明らかに動揺した。

一人去り、二人去り、時を置かずぞろぞろと逃げ出した。それを村瀬が引き止める。

「構わぬ。この者も一緒に葬れ」

この言葉に自棄になったように十人ばかりの侍が残り、寅之助たちに迫った。龍太郎は馬を降り、寅之助の方に走り寄る。

ここで不意に村瀬が脇差を兵馬に投げつけた。

脇差は兵馬目がけて矢のように飛んでゆく。

と、黒い影が兵馬に飛びついた。さながら獣が餌に飛びつくような敏捷さである。影は龍太郎だった。龍太郎は兵馬を庇い、雪の中に倒れ込んだ。

寅之助は群がる敵の足を鐺で払いながら兵馬と龍太郎に走り寄ろうとした。兵馬は立ち上がり、寅之助に向かって駆けて来る。

「いかん、来てはなりませんぞ」

寅之助が大声を放った時は遅かった。村瀬が兵馬を抱え上げると、龍太郎の馬に跨(またが)った。次いで、寅之助を振り返り、

「来るな、来れば、こいつの命はないぞ」

兵馬を前に乗せ、左手で手綱(たづな)を持つと右手で大刀を抜き、兵馬の首筋に立てた。

「卑怯の極みだな」

寅之助の蔑(さげす)みの言葉を聞き流し、村瀬は馬の腹を両足で蹴った。馬が走り出す。吹雪の中、村瀬の背中が遠ざかってゆく。民部も繁蔵も歯ぎしりして立ち尽くしている。

やおら、寅之助は走り出した。雪を蹴り、猛然と馬を追いかける。

風雪に顔面を吹きさらされながらも気持ちが昂(たかぶ)っているため身体中が躍動していた。

馬の尻に近づく。

「おおりゃあ！」

暴雪を吹き飛ばすような大音声を発し、鐺の石突で雪の大地を突いた。

寅之助の身体が宙を舞う。

両足を揃え、村瀬目がけて飛んでいった。

次の瞬間には村瀬の背中を蹴り上げ、村瀬は馬から振り落とされた。

「ひええ」

村瀬の悲鳴は雪しまきにかき消される。

馬は逆上し、棹立ち(さおだ)となった。兵馬は必死で馬の背中にしがみついている。雪まみれとなった寅之助が馬をなだめようとしたが、馬は暴れたままだ。

どうしようかと思案したところへ龍太郎がやって来た。

馬に近寄り鼻づらを撫で優しく声をかけている。やがて、馬は主人の言うことを聞き、静まった。龍太郎が兵馬を馬上から下ろした。

すると、雪中で倒れていた村瀬が立ち上がり、抜き身の刀を振りかぶり寅之助に斬りかかってきた。右腕に鋭い痛みを感じたが、かまわず鐺で払い退ける。村瀬は大刀を落とすや、逃げ出した。

「おまえだけは許さん」

寅之助は鐺を拾い上げ右手に持つと、村瀬に狙いを定める。

村瀬との距離は二十間（約三十六メートル）ほどだ。

寅之助は憤怒の形相で走ると、

「原田佐一郎殿、無念をお晴らし致す！」

渾身の力を込めて投げつけた。

千鳥十文字鑓は一条の光となって村瀬の背中に命中し串刺しにした。

更には勢い余って村瀬の身体は前に飛び、灌木に縫いつけられた。

村瀬はぴくりとも動かなかった。

四

師走二十五日、江戸城内吹上庭園において将軍世子徳川家慶の御前試合が開催された。

青空が広がる冬晴れの日だ。冬雲雀の鳴き声が、剣術試合には不似合いに長閑に響き渡っていた。長閑といえば、年の瀬も押し迫った江戸市中の喧騒とは別世界の落ち着きがここにはあった。

白地に葵の御紋が施された幔幕が巡らされた試合会場には、大番、書院番、小姓組、新番、小十人組といった五番方はもちろん、徒組や小普請組、更には町奉行所の与力、同心からも選抜された剣客たちが日頃の鍛錬をここぞとばかりに競い合った。

家慶の御座所が設けられ、周囲には老中、側用人、若年寄、寺社奉行、町奉行、勘定奉行といった幕閣のお歴々が居並んでいる。また、幔幕の隅には推挙人たちが見学を許され、神妙な面持ちで控えていた。

寅之助は髭を剃るべきかわずかに迷ったが、気取ることも気負うこともなかろうと普段通りにした。無礼だ、不遜だとやかましく言う者たちはいようが、耳を貸すつもりはない。

試合は勝ち抜き戦である。

戦う当人たちの気合いの入れようはもちろんだが、推挙人たちも緊張の面持ちで自分たちが推挙した者たちの一挙手一投足に固唾を呑んで見入っている。

寅之助は書院番の者、新番の者、町奉行所や火盗改の与力と手合わせをし、難なく勝ち進んだ。龍太郎ももちろん勝ち進み、寅之助と決勝を戦うこととなった。

龍虎相打つ。

まさしくそんな構図となった。

寅之助も龍太郎も黒小袖に同色の裁着袴、額には鉢金を巻き、素足である。

二人は片膝をつき家慶に向かって頭を下げてから木刀を構えた。

審判役は家慶の剣術指南役が務める。

「始め！」

審判役の声と共に、寅之助は八双（はっそう）、龍太郎は下段に構えた。

三間（五・四メートル）の間合いを取り、まずは龍太郎の出方を探る。龍太郎の構えに乱れはない。勝ち抜いてきた試合を見たが、一切の無駄を排除したまさしく研（と）ぎ澄（す）まされたような剣捌（さば）きだ。

それに対し、寅之助は大上段から一気に敵を粉砕するという、荒業を以て勝ち上がってきた。

剛と柔、力と技の戦いとでも言えようか。

――気取るな――

たとえ、これが決勝戦、将軍世子徳川家慶の御前であろうと、そして相手が五十嵐龍太郎であろうと特別な戦い方をすることはない。あくまで自分流を貫（つらぬ）くだけだ。

寅之助は大上段に構え直すとすり足で間合いを詰め、

「たあ！」

力を込めて振り下ろした。

が、右腕に痛みが走り鋭さに欠けた。痛みの原因は猛吹雪の中、村瀬から浴びせられた一太刀である。油断をつかれ、咄嗟に鐺で払い退けたものの二の腕を切られた。深手ではなかったが、ここにきて痛み出した。今更どうしようもなく、痛みを堪えて試合を続けるしかない。

龍太郎は微動だにせず、表情も一切動かさず木刀を下段からすりあげた。寅之助は咄嗟に右半身を反らし、痛みに抗しながら木刀を逆袈裟懸けに振り上げた。間髪容れず、龍太郎の木刀が大上段から振り下ろされた。

それをはっしと受け止めるや後方に跳び退る。

再び三間の間合いを取った。

――おや――

龍太郎の目に不審の光が宿った。寅之助の異変に気づいたようだ。

寅之助の太刀筋に微妙なずれを感じたのだろう。

心静かに龍太郎を見る。龍太郎は正眼に構えているが、攻め込んではこない。いつもならここから怒濤の攻撃が始まる。

何故、龍太郎が助勢してくれたのか、また、どうして村瀬たちとの決闘の場所と時刻を知っていたのかわからない。

決着がついてから聞いても教えてはくれなかった。

ともかく、龍太郎が自分のために奮闘してくれたことは確かだ。いや、あの時、龍太郎が乱入していなかったら、負傷ですむどころか、こうして手合わせをしていられるか。

いわば、命の恩人。

いかん。それと勝負は別だ。それだけに万全の状態で勝負できないもどかしさと好敵手への申し訳なさがこみ上げる。

二人の剣客は睨み合ったまま動かない。家慶を始め、見物する者は誰一人として物音一つ立てず食い入るようにして見守っていた。

と、雪が舞い落ちてきた。

雲一つない青空から降る雪片は桜吹雪のように優美であった。

家慶が立ち上がった。

「風花(かざはな)じゃ。天が二人に褒美を取らせたのじゃ。この勝負、余が預かる」

誰も異議を唱える者はいなかった。それは将軍世子の威に屈したのではなく、二人の勝負がつくことへの抵抗であった。どちらにも勝たせたい。そんな思いが、会場一杯に満ち満ちていた。

風花舞い散る中、寅之助と龍太郎は静かに木刀を置いた。

二人の顔には雪晴れの空のように清らかな笑顔があった。

寅之助は番町の屋敷へと戻った。

千代に何と言おうか。優勝ではなかった。いや、優勝ということか。龍太郎とは勝負つかず、引き分けだ。

しかし、実際は負けだ。

龍太郎は、自分が手傷を負っていたことを見抜きながら、そこにつけ込もうとせず、それどころか攻めることも控えた。まさしく武士の情だ。怪我による消耗で自分は息が乱れ、龍太郎は平静を保っていた。そのことで龍太郎の勝ちだと声高に言い立てる大番の連中がいたが、抗弁する気にはならない。

おれは負けたのだ。悔しさはなく、潔く敗北を認めよう。大番復帰は難しかろうが、それもかまわない。

千代は縁側で日向ぼっこをしていた。

「ただ今、戻りました」

寅之助は頭を下げてから、縁側に座った。

「お帰りなされ、お疲れさまでした。そして、おめでとうございます」

千代は正座をして両手をついた。それから、飯塚宗十郎が報せてくれたと言い添えた。

「あ、いや、わたしは……。優勝は優勝ですが、龍太郎には勝てませんでした」

寅之助は唇を嚙んだ。

「どうしたのですか、気が塞いでいるのですか」

「そんなことはございません」

「来年一杯、お酒が飲めないと思って気が塞いでいるのではありませんか」

「あ、いえ……」

「かまいませんよ。わたしとて、鬼ではありません。寅之助殿は内府さまの御前で寺坂家の武名を大いに上げてくださったのです。本来なら今宵祝い酒をするべきなのでしょうが、年内禁酒の誓いを立てたのですから、お正月に思うさま、お飲みなされ」

「ありがとうございます」

頰が綻んだ。

「お正月には美知さまと兵馬さまがいらっしゃるのですよ」

「ほう、それは楽しみですな」

兵馬は言葉通り松倉家には帰らず大貫家の当主として生きていく道を選んだ。村瀬が起こした騒動に関わった者たちは処罰されたという。責任を負って留守居役本山千十郎は切腹したとか。

賭場は閉められ、松倉家は来年転封されるらしい。

これで、原田佐一郎の死が多少は報われるというものだ。民部の話では、喜多方藩邸の賭場が閉じられる直前、繁蔵が十両余り儲けたそうだ。繁蔵はその十両を夜鷹のお節の供養にと、夜鷹頭のお松にやったという。

後日、飯塚宗十郎が報せてくれた。寅之助の大番復帰に異を唱える声がかつての同僚たちから上がっているという。ところが、そうした中にあって龍太郎が、「寅は野に放たれた」と言ったという。寅之助には、龍太郎が自分を認めてくれたような気がした。それが救いだ。

「福寿草やぁ～、福寿草。福寿草やぁ～、福寿草」

正月花と呼ばれる福寿草の鉢植えの売り声が聞こえた。

天保七年が暮れようとしていた。

横道芝居

一〇〇字書評

切り取り線

購買動機（新聞、雑誌名を記入するか、あるいは○をつけてください）

□（　　　　　　　　　　　　　）の広告を見て
□（　　　　　　　　　　　　　）の書評を見て
□ 知人のすすめで　□ タイトルに惹かれて
□ カバーが良かったから　□ 内容が面白そうだから
□ 好きな作家だから　□ 好きな分野の本だから

・最近、最も感銘を受けた作品名をお書き下さい

・あなたのお好きな作家名をお書き下さい

・その他、ご要望がありましたらお書き下さい

住所	〒				
氏名		職業		年齢	
Eメール	※携帯には配信できません	新刊情報等のメール配信を 希望する・しない			

この本の感想を、編集部までお寄せいただけたらありがたく存じます。今後の企画の参考にさせていただきます。Eメールでも結構です。

いただいた「一〇〇字書評」は、新聞・雑誌等に紹介させていただくことがあります。その場合はお礼として特製図書カードを差し上げます。

前ページの原稿用紙に書評をお書きの上、切り取り、左記までお送り下さい。宛先の住所は不要です。

なお、ご記入いただいたお名前、ご住所等は、書評紹介の事前了解、謝礼のお届けのためだけに利用し、そのほかの目的のために利用することはありません。

〒一〇一-八七〇一
祥伝社文庫編集長　坂口芳和
電話　〇三（三二六五）二〇八〇

祥伝社ホームページの「ブックレビュー」からも、書き込めます。

http://www.shodensha.co.jp/bookreview/

祥伝社文庫

横道芝居（よこみちしばい）　一本鑓悪人狩り（いっぽんやりあくにんが）

平成26年12月20日　初版第1刷発行

著　者　早見 俊（はやみしゅん）
発行者　竹内和芳
発行所　祥伝社（しょうでんしゃ）
東京都千代田区神田神保町3-3
〒101-8701
電話　03（3265）2081（販売部）
電話　03（3265）2080（編集部）
電話　03（3265）3622（業務部）
http://www.shodensha.co.jp/

印刷所　堀内印刷
製本所　ナショナル製本
カバーフォーマットデザイン　中原達治

Printed in Japan ©2014, Shun Hayami　ISBN978-4-396-34085-8 C0193

祥伝社文庫の好評既刊